BIBLIOTHÈQUE

RELIGIEUSE, MORALE., LITTÉRAIRE,

POUR L'ENFANCE ET LA JEUNESSE.

PUBLIÉE AVEC APPROBATION

DE Mᵍʳ L'ARCHEVÊQUE DE BORDEAUX.

LA
MÈRE VALENTIN

OU

CAUSERIES DE LA BONNE FEMME

CONTES INSTRUCTIFS ET MORAUX POUR LA JEUNESSE

PAR

Mme ALIDA DE SAVIGNAC

LIMOGES

Eugène ARDANT et C. THIBAUT,

Imprimeurs – Libraires – Éditeurs.

INTRODUCTION.

A six lieues de Paris, sur la rive droite de la Seine, est un village nommé Herblay, gracieusement posé sur l'escarpement d'un coteau planté de vignes; il semble se mirer dans le fleuve. Malgré sa proximité de la capitale et le voisinage de la forêt de Saint-Germain, ce village ne compte point d'habitations somptueuses; mais ses chaumières bien bâties et quelques maisons bourgeoises témoignent de l'aisance des habitants; ce sont en général des villageois adonnés à la culture des fruits et des légumes qui se consomment dans Paris, ou de petits rentiers qui veulent vivre dans la paix et l'abondance loin de la grande ville.

Au plus haut de la colline, regardant le fleuve et la forêt, se trouve la maison du véritable Seigneur, non-seulement d'un chétif village, mais de l'univers. Sur la place irrégulière qui est devant l'église, sont groupées des maisons de diverses apparences. Daus l'une des plus modestes, demeurait, depuis tantôt vingt ans, une femme veuve et âgée. On ignorait à quelle classe de la société elle pouvait appartenir; à son costume, à ses habitudes on aurait dit une villageoise, tandis qu'à ses manières et à son langage toujours correct et distingué, on la prenait parfois pour une dame de la ville. Elle vivait seule, sans parents, sans amis, n'ayant qu'une servante, ne rendant point de visites, à l'exception de celle qu'elle faisait une fois l'an à M. le curé.

Pour charmer sa solitude, elle attirait dans sa maison les enfants du village; elle aimait à s'en voir entourée; elle souffrait leur babil et leurs jeux ; et, si parfois ils devenaient trop turbulents, au lieu de les gronder pour obtenir le silence, elle captivait leur attention en leur contant de belles histoires. Aussi la chérissaient-ils de tout leur cœur, depuis le marmot qui bégaye à peine, jusqu'à l'écolier hardi et tapageur; depuis la petite fille portant lisière et bourrelet, jusqu'à la prétendue demoiselle qui se pavane déjà sous son chapeau de paille et sa pèlerine brodée. Tous se pressaient autour d'elle et lui donnaient le doux nom de mère, qu'elle acceptait

avec tant d'émotion et de reconnaissance, que tout le
monde avait pris l'habitude de la nommer la mère Valentin. Cependant il n'y avait dans le village que ses
petits amis qui se familiarisassent avec elle.

Les pères et mères, qui d'abord avaient laissé aller
leurs enfants par complaisance, finirent par trouver
commode de vaquer aux travaux des champs, aux
soins du ménage, sans avoir le souci de leurs
petits enfants; d'un commun accord, ils les menaient
ou les laissaient aller chez leur mère Valentin. La
principale chambre de sa maison était devenue une
espèce de salle d'asile; le génie qui avait suggéré
à la mère Valentin d'ouvrir un refuge aux enfants,
trop souvent abandonnés aux soins d'une sœur aînée,
enfant elle-même, d'une servante négligente, ou d'une
voisine occupée, n'avait pas été plus loin, et l'ange tu-
télaire d'Herblay ignorait les méthodes adoptées à Paris
dans les asiles de l'enfance. Ses petits amis ne s'as-
seyaient pas sur des gradins, ils ne faisaient pas d'évo-
lutions, aux sons du *classoire*, espèce de castagnettes
qui fait autant de bruit que vingt marmots dans leurs
plus joyeux ébats, mais dont le mouvement cadencé
force les enfants à marcher en mesure, en suivant le
drapeau du moniteur, souvent encore à la bavette.

Nos petits villageois apprenaient, de leur mère adop-
tive, qu'il faut adorer Dieu et chérir ses parents, sans

que cependant elle se fût imaginé de leur mettre ces leçons sur l'air *Cadet Roussel est bon enfant*, air qui grave tant de bonnes choses dans la mémoire des marmots parisiens.

En un mot, la mère Valentin était une bonne femme qui, en rassemblant des enfants autour d'elle, en les y retenant à l'abri des accidents, en s'efforçant de faire entrer dans leurs petites têtes de bonnes pensées, et d'étouffer les semences de paresse et d'indocilité qui y germent volontiers, suivait les inspirations de son cœur et non les enseignements de la science.

Il me semble la voir encore, vêtue de sa robe de toile brune et de son grand tablier noir, amuser et charmer son auditoire attentif.

Puissent ses contes naïfs, fidèlement recueillis, obtenir le même succès lorsqu'ils se présenteront privés de la magie de sa parole et de son regard !

CAUSERIES

DE

LA BONNE FEMME.

LE BATEAU A VAPEUR.

Une partie de la population d'Herblay était accourue sur les bords de la Seine, les enfants y avaient entraîné la mère Valentin. Le laboureur, occupé dans la campagne, s'arrêtait en traçant son sillon ; le vigneron cessait de bêcher sa vigne, et le jardinier, de sarcler son champ de légumes.

Ce qui excitait ainsi l'attention était le passage d'un *bateau à vapeur*. Tous suivaient des yeux cette grande machine flottante, une des premières qui remontât la Seine de Rouen à Paris ; et l'on se demandait comment elle domptait le courant sans l'aide de la voile, ainsi que le font les bâtiments qui naviguent sur la mer, ou sans des chevaux remorqueurs, moyen usité pour les fortes embarcations, quand elles remontent les fleuves.

Les enfants surtout étaient intrigués de ce qu'ils venaient de voir. Rentrés à la maison, ils s'assirent d'un commun accord autour de la mère Valentin, se tenant bien tranquilles, et les yeux fixés sur elle. C'était l'indice qu'ils attendaient quelques.discours intéressants ; mais la bonne dame ne se pressait point de parler. La patience échappa à l'une des petites filles, nommée Juliette ; elle dit : — Je voudrais bien savoir ce que c'est que cette grande chose que nous venons de voir ? — André, qui ne doutait de rien, se hâta de répondre : « Comment, tu n'as pas reconnu que c'était un moulin à vent, comme celui de M. Le Preu ; la roue allait pourtant assez fort.

JULIETTE. Mais pourquoi *qui* marchait le moulin ?

ANDRÉ. Peut-être que c'était celui de monsieur Le Preu, qui s'en allait vers Paris. — Est-ce que c'est possible ça, mère Valentin ? s'écrièrent tous les enfants.

LA MÈRE VALENTIN. Non, mes enfants, ce que vous venez de voir est un bateau.

ANAÏS. D'où vient, mère, qu'il y a un si grand feu sur ce bateau ? il ne fait pas froid.

LA MÈRE VALENTIN. Ce feu entretient *la vapeur,* dont la force fait marcher ce grand bateau contre le vent et le courant.

LAMBERT. Qu'est-ce que la vapeur ?

Pour toute réponse, la mère Valentin découvrit une cafetière remplie d'eau, qui était devant le feu, et leur montra la fumée de l'eau chaude, en disant : Voilà la vapeur.

ANDRÉ. Mais cela n'a pas de force, mère.

LA MÈRE VALENTIN. La vapeur ainsi éparpillée n'est rien ; mais, comprimée, elle acquiert une puissance à laquelle aucun obstacle ne résiste.

JULIETTE. C'est drôle cela !

LA MÈRE VALENTIN. Si drôle, ou plutôt si merveilleux, que le premier à qui Dieu a révélé cette vérité a été traité de fou, et comme tel, repoussé et délaissé par tout le monde.

ANAÏS. Comment s'appelait-il ?

LA MÈRE VALENTIN. Salomon Decaus. Il avait fait part de sa découverte au cardinal de Richelieu, ministre du roi Louis XIII, qui a régné en France de 1610 à 1643, il y a près de 300 ans ; mais, ainsi que je vous l'ai déjà dit, on ne l'écouta pas ; et ce ne fut que le siècle suivant, que le docteur Papin fit reconnaître le principe de la force de la vapeur. Enfin, en 1800, un Anglais nommé Watt, utilisa la vapeur, en l'appliquant aux machines mises en mouvement par l'eau ou par le vent. C'est ainsi que la vapeur fait marcher les bateaux et même les navires, et qu'on l'emploie aussi dans les filatures, où des mécaniques remplacent le rouet et la quenouille des bonnes femmes.

ANDRÉ. Mère Valentin, dites-nous comment ce Watt s'y est pris pour utiliser cette petite chose insaisissable ?

LA MÈRE VALENTIN. Vous me demandez une chose difficile à vous faire comprendre ; mon peu de savoir et l'insuffisance de vos intelligences enfantines apportent de grands obstacles à ces explications ; je vais pourtant essayer de vous les donner.

Vous avez sous les yeux la vapeur de l'eau mise en ébullition par l'action du feu ; vous voyez que, laissée à elle-même, elle est inutile et s'évapore. Mais je vous ai déjà dit que comprimée, elle prenait de la force ; c'est comme le vent qui devient dur s'il s'échappe par le tube d'un soufflet ; placez votre doigt au bout de mon soufflet, vous sentez comme une petite boule, n'est-ce pas ?

— Oui, mère, répondit André, qui avait présenté sa main avec empressement.

— A moi, à moi, crièrent tous les enfants, en allon-
geant leurs petits doigts.

Quand l'expérience du vent devenu boule, en passant par le soufflet, eut été répétée dix fois, la mère
Valentin reprit son explication. — La vapeur ainsi res-
serrée peut donc faire tourner la roue d'un moulin,
aussi facilement que la rivière fait tourner la roue du
moulin à scier les planches de M. Le Preu, et que le vent
met en mouvement les ailes de celui de Jacques le meu-
nier. Dans les bateaux, comme celui que nous venons
de voir, la vapeur fait mouvoir des roues qui servent de
rames, et ces rames travaillent si bien, qu'elles font remonter un grand bateau pesamment chargé plus vite
que s'il était *remorqué* par six chevaux. Mais, si la vapeur bien dirigée rend de grands services, elle peut
aussi causer de grands désastres; dans le cas contraire,
sa puissance, rendue terrible par la pression, devient
supérieure à celle de la poudre à canon. Pour recouvrer
la liberté de se dissiper au gré des vents, elle brise ce
qui lui fait obstacle : chaudières, vaisseaux, maisons
peuvent être détruits, comme par une éruption volcani-
que. Vous vous souvenez de ces grandes montagnes
nommées volcans, que je vous ai montrées sur la map-
pemonde, et dont je vous ai raconté les terribles éclats.

Les enfants. Oui, mère Valentin.

La mère Valentin. Eh bien! pour en revenir aux in-
ventions de Watt, elles consistent en des appareils qui
ne laissent échapper la vapeur de sa chaudière qu'arrivée au degré de force nécessaire pour mettre en mouvement les rouages de la machine à laquelle elle est ap-
pliquée, et en une soupape qui, maintenant la vapeur
à ce degré, prévient les accidents. La force qui fait mar-

cher un bateau sur la rivière équivaut à celle de quatre
ou six chevaux. Mais dans les filatures, on obtient par la
vapeur ce que feraient vingt, trente, quarante chevaux.

LAMBERT. Mais l'homme est fort ; pourquoi ne fait-il
pas son ouvrage lui-même, au lieu d'avoir recours à
des choses qui éclatent comme des volcans?

LA MÈRE VALENTIN. Sans doute, l'homme est fort, mais
il est encore plus industrieux ; il est roi de la création,
et comme tel, il veut que ses sujets travaillent à son
bien-être. Dans l'enfance des sociétés, lorsque l'on ne
cherchait qu'à se procurer la vie et les vêtements, les
animaux vigoureux, ceux qui sont encore désignés sous
le nom de *bêtes de somme,* aidaient seuls à l'homme ; mais,
quand sont venues les idées de commerce, quand l'homme
a inventé de tirer bénéfice de l'échange, puis de la vente
de ses récoltes et de ses ouvrages, il a éprouvé le besoin de se transporter d'une contrée à l'autre, avec ses
marchandises. Il s'est assujéti non-seulement les animaux, mais encore les éléments, l'air, le feu et l'eau.

LAMBERT. Il me semble que les animaux suffisaient :
on peut aller en tout pays à cheval ou en voiture.

LA MÈRE VALENTIN. Non pas dans ceux dont on est séparé par la mer, ou seulement par des rivières profondes.

LAMBERT. Cela, c'est vrai, je ne pensais pas à la mer ;
car la Seine, on la passe sur des ponts.

LA MÈRE VALENTIN. Et n'est-ce pas avoir déjà soumis
un fleuve à ses lois, que de le contraindre à souffrir
dans son lit les piles d'un pont, et à couler entre ses
arches.

JULIETTE. Mère Valentin, puisque l'homme avait pour
le servir les animaux, l'air et l'eau, pourquoi a-t-il été

chercher cette vilaine vapeur qui est si difficile à conduire?

LA MÈRE VALENTIN. C'est, mon enfant, que lorsqu'il est question de commercer, il faut le faire avec économie et sécurité.

ANDRÉ. La vapeur ne coûte donc pas cher?

LA MÈRE VALENTIN. Elle coûte moins que des bêtes de somme, qu'il faut nourrir et renouveler quand elles sont vieilles et malades; elle offre aussi plus de sécurité que les autres moteurs appliqués jusqu'ici à la mécanique. Vous savez tous combien le vent est capricieux; à chaque instant il varie, et parfois il s'arrête tout-à-coup.

ANAÏS. Voilà pourquoi le moulin de Jacques n'a pas tourné pendant une semaine.

JULIETTE. Il n'en est pas de même de la rivière, elle coule toujours.

LA MÈRE VALENTIN. Excepté lorsque les grands froids la changent en glace, que le soleil la dessèche, ou que, gonflée par les orages et la fonte des neiges, elle déborde dans les plaines, inonde les villages, déracine les arbres des forêts, enfin se change en un torrent qui détruit tout sur son passage. La vapeur, au contraire, est l'œuvre de l'homme : qu'il cesse d'alimenter le feu sous la chaudière, elle s'arrête à l'instant : qu'il l'entretienne, elle travaillera pour lui à toute heure et en toute saison.

ANDRÉ. Il pourrait cependant arriver que l'on n'eût plus de bois pour chauffer la chaudière?

LA MÈRE VALENTIN. La terre nourrit à sa surface des combustibles; on en extrait encore une plus grande quantité de ses entrailles, et, la question de l'équilibre à maintenir entre la reproduction du bois et du charbon de terre, et la consommation que l'on en peut faire chaque jour, dépasse de beaucoup les facultés de notre intelligence ; je dirai même que c'est là une de ces prévisions que l'homme sage doit écarter, puisqu'il ignore, et doit toujours ignorer le secret de la création, et qu'il perd l'usage de sa raison, du moment où il veut le chercher avec trop d'obstination. Elevons notre âme à Dieu, quand il daigne agrandir le domaine de notre intelligence, et ne poursuivons pas plus loin qu'il ne faut un avenir qui lui appartient exclusivement.

STEPHEN WERNER

OU LE PETIT COLPORTEUR.

Mes petits amis, je vous ai bien souvent montré sur
la carte la position des différents états de l'Europe. Vous
savez presque tous où est située la Suisse, ce beau et riche
pays, borné au nord par la Forêt-Noire et la Souabe;
au sud, par la Savoie et le Milanais; à l'ouest, par la
Franche-Comté; à l'est, par le Tyrol, auquel confine le
pays des Grisons. Dans cette dernière partie de la Suisse,
à deux lieues de l'opulente ville de Coire, habitait le baron de Kelberg, bon gentilhomme, humain, loyal s'il en
fut jamais, et, par dessus tout, chasseur déterminé.

Le jour où commence cette histoire, par une belle
matinée de la fin d'octobre, étant sorti de son château
selon sa coutume, et son fusil sur l'épaule, il pénétra
dans un bois contigu à son parc. Il marchait déjà depuis
quelque temps, sans avoir rencontré de gibier, lorsque
son chien aboya tout-à-coup, non pas joyeusement,
comme s'il se trouvait sur la piste d'un lièvre, mais

avec inquiétude et colère, ainsi que fait un bon chien quand il rencontre inopinément un étranger et qu'il en avertit son maître. Un massif de jeunes chênes, encore couverts de leurs feuilles brûlées par l'automne, cachait à M. de Kelberg l'individu contre lequel son chien querellait. Pensant que ce pouvait être un braconnier, il pénétra dans le taillis, et se trouva en présence d'un jeune garçon de quatorze à quinze ans. C'était lui qui agaçait le chien, en lui jetant de petites pierres ; cependant, en dépit de cet amour du jeu ordinaire à son âge, il était facile de deviner que le pauvre enfant avait beaucoup pleuré. La trace de ses larmes était encore humide sur ses joues.

Se trouvant en présence du baron, il mit le chapeau à la main, et prit une attitude respectueuse, qui disposa tout de suite M. de Kelberg en sa faveur : car rien ne plaît autant dans un jeune homme qu'une tenue modeste. Le savoir-vivre est de toutes les sciences celle dont on tire le plus de profit.

Revenons au baron et à l'enfant, que nous avons laissés, l'un le fusil sous le bras, l'autre le chapeau à la main. Après s'être considérés mutuellement quelques secondes, l'entretien commença entre eux.

Le baron. Qui êtes-vous, mon petit ami ?

Le jeune garçon. Je suis Tyrolien de naissance, monsieur, et je fais le métier de colporteur.

Le baron. D'où venez-vous ?

Le petit garçon. De bien loin, si je compte tous les pays que j'ai parcourus depuis le 15 d'avril, époque où j'ai quitté nos montagnes ; mais directement j'arrive de Zurich ; voilà seulement trois jours que j'ai quitté cette ville.

Le baron. Et comment vous trouvez-vous donc dans ce bois, seul, sans bagages et même sans votre balle, quand vous dites que vous êtes colporteur ?

A ces questions, l'enfant, au lieu de répondre pâlit et baissa les yeux.

Le baron. Ne vous troublez pas, répondez sans crainte.

Le jeune garçon, *fièrement.* Je n'ai pas peur, je suis Tyrolien, et tel que vous voyez, j'ai parlé à l'empereur Napoléon sur le champ de bataille de Ratisbonne.

Le baron. En vérité !

Le jeune garçon. Je n'ai jamais menti, monsieur, mais je vous demanderai la permission de m'asseoir ; car je suis bien las, et si vous voulez connaître toutes mes infortunes, j'en aurai long à vous conter.

Le baron. Je ne vous interroge que dans l'espoir de vous être utile : venez avec moi, vous vous reposerez dans mon château, et après le déjeuner nous causerons plus à l'aise qu'ici.

Le jeune colporteur accepta cette offre sans se faire prier. La table était mise quand le baron arriva au château avec sa nouvelle connaissance, qu'il présenta tout de suite à madame Kelberg. Il ne voulut pas qu'on envoyât ce jeune garçon déjeuner à la cuisine ; il lui fit prendre place entre Henri et Caroline, ses propres enfants, qui parurent s'amuser beaucoup du bon appétit de l'étranger.

La nappe levée, le jeune garçon fut de nouveau interrogé par le baron, et, sans se faire presser le moins du monde, il commença son récit en ces termes :

Le jeune garçon. J'ai déjà eu l'honneur de vous dire, monsieur, que je suis Tyrolien. Mon père s'appelle Jean Werner, il exerce le métier de charpentier. Ma mère est Gertrude, fille d'Arnalphe le colporteur, et moi j'ai reçu au baptême le nom de Stéphen, en l'honneur du premier martyr chrétien et en mémoire de notre grand-mère Stéphanie Werner. — Le jeune garçon s'arrêta un instant, après s'être si complaisamment étendu sur le compte de sa famille , dont il paraissait bien aise de faire connaître l'importance à ses hôtes. Il reprit : Nous habitons le bourg de Hart, sur le Voralberg, la montagne la plus élevée des Alpes tyroliennes. Vous savez peut-être, monsieur et madame, que dès l'approche de l'hiver, qui arrive vite dans nos contrées, les neiges et les torrents nous emprisonnnent dans nos villages. Là chacun travaille, l'oisiveté est, Dieu merci, inconnue chez nous. Mon père construit en charpente des boutiques, des maisons, qui sont ensuite transportées par des bateaux, à l'autre extrémité du lac de Constance, à *Stein,* à *Schaffouse.* Vous verrez dans cette ville des maisons fabriquées par Jean Werner ; son nom est gravé sur la plus grosse poutre ; ma mère tricote des mitaines et des bas pour les dames, on dirait de la dentélle, et ses ouvrages trouvent un débit avantageux en Bavière; ma sœur Clotilde brode de la mousseline pour les riches marchands de Saint-Gall; enfin mon aïeule maternelle, Louise Arnalphe, et mes deux tantes, Agnès et Marguerite, filent du coton si fin que dans une livre elles font jusqu'à cent trente fuseaux, chacun à deux mille aunes. Quand tout le monde travaillait, je ne pouvais rester inactif : je fis d'abord de petits ouvrages en menuiserie, assez grossiers ; c'étaient des jouets d'enfants : peu à peu je me perfectionnai, et je fabriquai de la tabletterie, des étuis, des boîtes ; j'appris à sculpter avec mon couteau des images de saints ; mais je vous ennuie peut-être, monsieur?

LE BARON. Non, non, Stéphen, continuez, vous voyez avec quelle attention on vous écoute. — En effet, Henri et Caroline, les bras posés sur la table, dévoraient des yeux ce jeune garçon qui disait savoir faire tant de choses.

Stéphen reprit : Chez nous la scène change à chaque printemps ; à cette époque de l'année, on abandonne les villages qu'on a habités l'hiver, on se sépare ; les hommes et les jeunes gens vont exercer divers métiers, soit en Suisse, soit en Bavière, ou bien ils se chargent de vendre ce qui a été fabriqué dans la mauvaise saison. De leur côté, les femmes et les enfants conduisent les troupeaux aux pâturages dans la montagne. Je me plaisais fort au chalet ; tout en conduisant nos chèvres et nos génisses, j'avais assemblé une riche collection de cailloux des Alpes ; j'aimais à gravir les pointes des rochers pour cueillir une fleur, ou dénicher des oiseaux, et pourtant j'avais hâte de quitter cette vie, parce que, voyez-vous, voyager, c'est n'être plus un enfant ; on cesse d'être à charge à ses parents, et l'on amasse chaque année l'argent indispensable pour s'établir à son tour. Ainsi que je l'ai dit en commençant, mon grand-père Arnalphe était colporteur : tous les ans, aux premiers jours d'avril, il remplissait sa balle du produit de nos travaux, et nous quittait, pour ne revenir qu'à l'automne. Malheureusement, l'an passé, il fit une chute qui lui a laissé une forte douleur au genou droit : obligé de renoncer à ses voyages, mon grand-père a naturellement pensé à moi pour le remplacer.

LA BARONNE. Comment ! à votre âge ?

STÉPHEN. Je suis déjà fort, madame, et habitué à faire de longues courses.

LA BARONNE. Marcher n'est pas tout; qui vous avait appris le commerce?

STÉPHEN. Personne, madame ; rien n'est si aisé que de vendre et même d'acheter pour revendre ensuite.

LE BARON. Cependant, si j'ai bonne mémoire, vous avez dit que vos colporteurs se chargeaient de débiter les marchandises de leurs compatriotes en même temps que les leurs.

STÉPHEN. Oui, monsieur. Et mon grand-père, en me cédant sa balle, me donna aussi sa ceinture, qui, ainsi que celle de tous nos marchands, est divisée en autant de petites bourses que nous avons de mandataires. On appelle mandataires ceux dont on se charge de vendre les ouvrages.

LE BARON. Nous le savons, continuez.

STÉPHEN. Sur chaque bourse est écrit un nom ; à mesure que l'on a vendu, on met dans la bourse de Pierre ce qui est à Pierre ; de même pour Paul, de même pour Philippe, pour Jean ; puis, le jour de la Toussaint, les habitants du village se réunissent chez un ancien, les marchands se lèvent l'un après l'autre, et jettent leur ceinture sur la table, en disant : *Le compte y est.* Chacun vide la bourse où son son nom se trouve écrit, et tout est dit. — Monsieur et madame de Kelberg échangèrent un regard où se peignait leur admiration d'une probité si naïve. Henri et Caroline trouvèrent cette manière de commercer toute naturelle. C'étaient de bons enfants, qui, pas plus que les Tyroliens, ne connaissaient le mensonge ni la fraude.

Stéphen continua : Lorsque mon aïeul et mon père eurent décidé que je n'irais plus au chalet, ma pauvre mère versa des pleurs amers ; elle ne pouvait se résou-

dre à me laisser partir : quelque chose lui disait qu'il
devait m'arriver malheur. Il est trop jeune, répétait-
elle souvent; les fatigues, les orages, la guerre, les Français, tout l'effrayait pour moi. A ces appréhensions,
mon père répondait que jamais un Werner n'était allé
au pâturage à quatorze ans. Quant à la guerre, elle semblait ne devoir plus inquiéter la Bavière ni les treize
cantons, depuis que l'empereur Napoléon était protecteur de la confédération du Rhin et médiateur de la
confédération suisse. D'ailleurs, mon aïeul m'envoyait
à Ratisbonne, où il avait des amis; de Ratisbonne, je
devais traverser le Wurtemberg et rejoindre mon père
à Zurich, où des travaux considérables le retiendraient
toute la saison. Mon itinéraire ainsi tracé, on composa
ma pacotille. Comme la jeunesse est heureuse d'ordinaire, nos voisins et voisines s'empressèrent de venir m'ap-
porter leurs ouvrages. Je ne saurais vous dire, monsieur,
combien tous ces apprêts me causaient de joie, et cependant je voyais pleurer ma pauvre mère ; mais je croyais
qu'elle s'affligeait sans raison. Je ne vous fatiguerai
pas du récit de mon voyage. J'arrivai sans accident jusqu'à la capitale de la Bavière, où je me défis d'une bonne
partie de mes marchandises ; mais entre Munich et Ratisbonne, j'entendis répéter de tout côté que la guerre
allait éclater de nouveau entre la France et l'Autriche.
Si j'eusse été prudent, je serais retourné sur mes pas,
ou, tout au moins, j'aurais été joindre mon père à Zurich ; mais je devais aller à Ratisbonne, des marchands
de cette ville attendaient les bas et les mitaines tricotés
par ma mère. Enfin, monsieur, je trouvai vingt raisons
contre une pour continuer ma vente, sans me laisser
détourner par les sinistres nouvelles que l'on débitait

de tous côtés. Un jour les Français avaient traversé le
Rhin, le lendemain c'étaient les Autrichiens qui s'a-
vançaient à marches forcées; la Bavière allait être encore une fois le théâtre de la guerre. Une autre fois,
j'entendis assurer qu'une armée française venant d'Italie avait pénétré dans nos montagnes; tout mon sang se
glaça, j'essayai de douter de ce malheur; mais il n'était
que trop certain. J'avais hâte d'arriver à Ratisbonne,
on ne m'achetait rien dans les villages que je traver-
sais, les habitants ne songeaient qu'à l'ennemi dont ils
étaient menacés; et je sentais le besoin de protecteurs.
L'abandon où je me trouvais pour la première fois de
ma vie m'effrayait autant que les dangers. Bientôt je
fus obligé de quitter la grande route pour éviter de me
rencontrer avec les détachements de soldats qui marchaient à la rencontre des Français. Je craignais qu'ils
ne me prissent mes marchandises sans les payer; ensuite mes parents m'avaient enjoint de ne former liaison
qu'avec nos compatriotes, et d'éviter surtout les mili-
taires, qui se font un jeu d'entraîner les jeunes gens à
toutes sortes de dissipations. Pour ne vous rien céler, je
me trouvais si à plaindre d'être ainsi isolé au milieu des
périls de la guerre, sans personne au monde pour prendre ma défense, que parfois je m'asseyais au pied d'un
arbre, et je pleurais des heures entières, appelant à mon
aide mes parents, mes amis; mais, quand la confiance
en Dieu m'avait rendu un peu de courage, je cherchais à
réparer le temps perdu.

C'est ainsi qu'un soir, par un beau clair de lune, je
continuais à marcher à travers les champs; je n'étais
plus qu'à une demi-journée de Ratisbonne, et cette
pensée me donnait du courage.

Tout-à-coup il me semble que je vois luire des armes
dans le lointain ; je veux me jeter à gauche et m'enfon-
cer dans un petit bois, sans m'inquiéter si cette marche
m'éloigne ou non du but de mon voyage ; l'instinct du
danger me portait à fuir. Mais ceux que j'avais vus m'a-
vaient découvert aussi ; ils se mirent à ma poursuite, et,
m'ayant arrêté, ils me conduisirent à leurs officiers.
J'avais rencontré un parti de chasseurs tyroliens qui
servaient d'éclaireurs à l'armée autrichienne. La joie
que je ressentis d'abord d'être entre les mains de com-
partriotes ne fut pas de longue durée. Lorsque la vé-
dette qui m'avait pris eut fait son rapport, les officiers
formèrent un cercle au milieu duquel on me plaça. Le
commandant de l'escouade m'interrogea ainsi :

LE COMMANDANT. D'où viens-tu ?

Moi. Du Voralberg, en passant par Munich.

LE COMMANDANT. Où vas-tu ?

Moi. A Ratisbonne.

LE COMMANDANT. Qu'on le fusille à l'instant même.

— A ce terrible arrêt, je tombai à genoux, recommandant tout bas mon âme à Dieu, et demandant tout haut
grâce au nom de ma pauvre mère. Heureusement pour
moi, les autres officiers n'adoptèrent point un avis aussi
cruel ; ceux-là avaient le cœur tyrolien ; ils dirent qu'ils
ne voulaient pas charger leur conscience du meurtre
d'un pauvre enfant qu'on pouvait retenir prisonnier.
Le commandant répliqua, en haussant les épaules :
La mort seule est discrète ; mille accidents impossibles
à prévoir peuvent mettre l'armée à la discrétion de cet
enfant, et pour épargner quelques gouttes de ce misérable sang, vous compromettez, avec des milliers de
braves, le salut de la patrie.

Je vis avec effroi plusieurs de mes défenseurs donner
à leur visage une expression de pitié. Je crois que j'é-
tais perdu, monsieur, sans un capitaine qui offrit de
soumettre la chose au jugement du colonel. Ses camarades se rangèrent à son sentiment, et le commandant
donna l'ordre de me conduire à son chef. Au moment
où je partais, celui qui avait ouvert cet avis salutaire me
dit tout bas : « Prends courage, mon pauvre garçon, le
colonel est un vrai Tyrolien.

Quatre soldats me conduisirent dans un village où le
colonel soupait, laissant prendre à son régiment une
avance qu'il était sûr de regagner en peu de temps. La
plus grande partie des maisons étaient occupées par
les soldats d'un régiment bohémien. Les habitants, ras-
semblés sur la place, écoutaient la lecture d'une proclamation, où il était dit que tout villageois qui serait
rencontré se dirigeant vers les points occupés par l'armée française (suivait l'énumération de ces points, et
Ratisbonne était en tête) serait passé par les armes,
sans égard pour le sexe, ni l'âge. C'était une condamnation, monsieur. Cependant la vue du colonel me rendit un peu d'espoir ; il n'était pas à présumer qu'il con-
sentît à prononcer le mot terrible de mort ; car, voyez-
vous, les Tyroliens ne sont pas méchants, et ils s'aiment
entre eux. Aussi le colonel ne m'eut pas plus tôt entendu
parler le patois de nos montagnes, que non-seulement
il sembla oublier la proclamation, mais il me fit toutes
sortes de questions sur le pays. Il voulut aussi visiter
ma balle ; les larmes lui venaient aux yeux à chaque fois
que je lui montrais un objet qui lui rappelait l'industrie de nos compatriotes. Après avoir tout regardé, tout
manié, il me dit : « Je sais que rien n'est plus désobli-

geant que de faire développer les marchandises d'un
marchand, sans lui en acheter. » Et il prit une pipe
qu'il me paya six florins ; c'était le double de sa valeur.

En prenant cet argent, j'avais bien envie de lui demander si, après tant de politesses, il comptait me faire
fusiller. Le courage me manqua pour lui adresser cette
question.

La pipe que je venais de vendre n'était pas à moi ;
je détachai ma ceinture pour mettre les six florins dans
la bourse de Fritz Hermann. Le colonel voulut voir ma
ceinture ; il l'examina et la fit examiner aux officiers
bohémiens, en leur en expliquant l'usage. Se tournant
ensuite vers moi, il me demanda où j'allais quand on
m'avait arrêté. — A Ratisbonne, mon colonel.

Le colonel. Qu'allais-tu chercher dans une ville occupée par les Français ?

Moi. J'ignorais qu'ils y fussent, et j'allais demander
asile à des amis de mon grand-père Arnalphe ; la campagne n'est plus tenable pour un marchand.

Le colonel. Il faut pourtant que tu la parcoures de
nouveau, car je ne veux pas te laisser continuer ta route
vers Ratisbonne ; donne-moi ta parole de retourner sur
tes pas, et je te fais mettre en liberté. — A ces mots, les
Bohémiens murmurèrent. — Comment pourrais-je me
tirer d'embarras si j'étais pris par les Français ? et
qu'était-ce que la parole d'un enfant de mon âge. Le
colonel répondit en élevant en l'air la ceinture qu'il se
disposait à me rendre. — Ceci ne vous témoigne-t-il
donc pas, messieurs, qu'un Tyrolien, quel que soit son
âge, ne saurait manquer d'intelligence ni de probité ; et
je crois à la parole de Stéphen Werner. — La discussion
qui suivit ces paroles fut vive ; mais enfin le brave co-

lonel l'emporta, ou du moins crut l'emporter. Il me fit
escorter hors du village, à une portée de fusil à peu près.
Les chasseurs tyroliens me quittèrent en m'engageant
à m'éloigner au plus vite, et dans une direction contraire à celle que j'avais suivie jusqu'alors. J'obéis,
monsieur ; mais je n'avais pas fait cent pas, que je fus
assailli par une grêle de coups de fusil, et je vis, aux derniers rayons de la lune, plusieurs soldats bohémiens
placés en embuscade. Par un miracle, je n'avais pas été
atteint ; la frayeur me donna, je crois, des ailes ; car je
fus bientôt hors de la portée des coups de mes assassins ;
mais aussi cette même frayeur troubla mon jugement,
de sorte que je me trompai de chemin et je me jetai à
l'étourdie au beau milieu d'une patrouille française, qui
me prit et me conduisit à un bivouac que je n'avais pu
apercevoir, car les feux étaient éteints.

Le commandant de la patrouille me remit à un officier qui me dit de le suivre : les soldats dormaient éten-
dus sur la terre, autour de leurs armes en faisceaux ;
le drapeau de chaque régiment était planté au centre,
et des sentinelles veillaient auprès de l'aigle. Nous mar-
châmes ainsi à travers le bivouac, jusqu'à une grange à
demi cachée par un bouquet de saules. Un régiment de
cavalerie entourait ce bâtiment rustique ; des grenadiers
montaient la garde à toutes les issues, et un homme
coiffé d'un turban, et vêtu à la turque, dormait couché
en travers de la porte. Mon conducteur l'éveilla par
quelques mots qu'il lui dit en se baissant jusqu'à son
oreille. C'était sans doute le mot d'ordre qu'il avait répété au moins cinquante fois : le Turc, l'ayant entendu,
tourna sur lui-même, sans se lever, et nous livra passage.

L'intérieur de la grange formait un carré long ; l'extrémité où se trouvait la porte était encombrée de bottes de paille, sur lesquelles dormaient de jeunes officiers vêtus de brillants uniformes ; et, tout au fond, était un groupe de plusieurs personnes ; celles-là ne dormaient pas. Je remarquai d'abord trois messieurs tout couverts de broderies d'or, et portant un large ruban rouge en écharpe ; puis, derrière une table chargée de livres, de plans, de cartes, étaient deux autres personnages : l'un, penché sur un monceau de papiers, écrivait avec une vélocité extraordinaire ; l'autre, qui avait le front appuyé sur une de ses mains, traçait lentement, avec un crayon, des lignes sur un plan déroulé devant lui.

Les trois messieurs à l'écharpe rouge adressèrent successivement quelques paroles à l'officier qui me conduisait ; il répondit à l'un, monseigneur ; au second, altesse ; au troisième, majesté. Vous jugez, monseigneur, si je restai ébahi de me trouver en telle compagnie, dans une si misérable demeure.

Sur un signe du monseigneur, des soldats m'enlevèrent ma balle, que l'altesse se mit à visiter avec soin ; on m'ôta de même ma ceinture, qu'on posa sur la table ; et, sur un ordre de la majesté, on retourna mes poches pour s'assurer si elles ne contenaient rien de suspect. Ces étranges précautions étant prises, mon interrogatoire commença. J'entends assez bien le français : mon père, qui a longtemps travaillé à Lyon et à Genève, me l'a appris à peu près. Ainsi, je comprenais les questions de monseigneur, qui était celui qui portait la parole ; et comme je ne répondais pas, son altesse me dit en allemand que si j'étais embarrassé pour m'expliquer dans

une langue étrangère, elle traduirait mes réponses ;
mais c'était la volonté, et non les mots, qui me manquait. Lorsqu'on me demandait des renseignements sur
l'armée, j'aurais subi mille morts plutôt que de trahir la
confiance de ce bon colonel tyrolien ; j'avais pu demander la vie quand il ne fallait qu'un mot pour la sauver ;
mais l'acheter par une mauvaise action, ah ! jamais. —
Si je te faisais pendre à l'instant ? me dit *monseigneur*,
impatienté de mon silence. — Je me tairais encore plus
sûrement, répondis-je, et vous auriez fait une action
dont je crois un noble incapable. Le monsieur qui était
assis derrière la table avait quitté son crayon pour
prendre ma ceinture qu'il retournait ; il sourit à ma réponse en regardant malicieusement le monseigneur et
faisant un geste de la main. — Laissez approcher cet
enfant, dit-il d'un ton bref. Le duc, le prince et le roi
se soumirent à ce commandement.

Au lieu de s'occuper des positions occupées par les
Autrichiens, l'empereur me fit plusieurs questions sur
ma ceinture. Ah ! là-dessus, je n'avais pas la langue liée ;
je lui donnai toutes les explications qu'il voulut. —Ainsi,
me dit-il après m'avoir entendu, tu es le maître de dépenser ou de garder pour toi une partie du prix des
marchandises que tu as vendues. —Ah ! m'écriai-je dans
ma langue maternelle, il faut bien être Italien pour
avoir une pareille idée ! L'officier qui m'avait amené,
le duc, le prince, le roi, l'empereur, savaient tous cinq
assez l'allemand pour entendre ma réponse, et ils l'ac-
cueillirent par un bon rire, dont Napoléon leur donna
l'exemple.

Quand l'empereur eut repris son sérieux, il me tendit la main en me disant : Allons, soyons bons amis,

mon *petit paysan du Danube*, causons nous deux ; je
devine que tu ne veux pas dire ce qu tu as vu sur la
route. — Je ne répondîs pas, par défiance. L'empereur
continua : Ceux de là-bas auraient dû te fusiller, ou
tout au moins te retenir prisonnier ; tu as reçu la liberté et la vie, à la condition du silence. — J'étais stu-
péfait de le trouver si bien instruit, et je tenais les
yeux attachés sur les siens, tremblant à chaque instant
de découvrir en lui quelque chose de surnaturel. Il me
regardait aussi : ah ! quels yeux que les siens ! je suis
sûr qu'il lit an fond des âmes aussi couramment qu'un
savant dans un livre.

Cessant encore une fois de s'occuper d'affaires, il me
frappa un petit coup sur la joue. — Où as-tu si bien
vidé ta balle, mon enfant? — A Munich, sire. — Où
portes-tu le reste de tes marchandises? — A Ratisbonne, sire. — Tu es bien heureux d'avoir sauvé ta balle
des griffes des maraudeurs. — Votre majesté pense bien
que je n'ai pas suivi la grande route. — L'empereur me
regarda encore une fois de son regard perçant, puis se
tournant vers les personnes présentes à cette scène : C'est
assez, messieurs, nous amuser avec cet enfant ; monsieur
le duc, vous allez vous porter avec votre division au
devant du corps d'armée ennemi qui s'avance de l'autre
côté du Danube pour nous prendre en flanc. Vous avez
compris pourquoi les éclaireurs envoyés sur la route de
Munich n'ont rien rencontré ; montez à cheval, il n'y a
pas un instant à perdre. Vous, monsieur le prince de
Neuchâtel, vous allez faire conduire cet honnête garçon à Ratisbonne. Comme il se pourrait que les habitants de cette ville eussent à s'occuper de tout autre chose
que de l'achat de sa pacotille, je m'en charge, moi :

qu'il laisse ici sa balle, et donnez-lui ving-cinq napo-
léons tout neufs.

En disant ces mots, l'empereur me fit un signe d'a-
dieu, et en moins de rien les grenadiers m'avaient em-
mené hors de la grange.

Le lendemain, l'empereur gagna la bataille de Ratisbonne. Malgré cette victoire, qui devait éloigner les
chances de la guerre, la ville demeura presque déserte.
Des marchands, amis de mon père, l'un était mort depuis
peu, l'autre avait passé en Autriche. Je songeai bientôt
à quitter cette ville, où j'avais eu tant de hâte d'arriver ; mais il n'était pas facile de retourner sur ses pas :
quoique l'armée française fût à la vérité entrée en Autriche, cela n'empêchait pas que le Wurtemberg et la
Bavière ne fussent couverts de troupes.

Un Tyrolien qui tenait auberge à Ratisbonne me
conseilla, si je ne voulais pas perdre tout le fruit de ma
campagne, de suivre le parti qu'avaient pris plusieurs
de nos compatriotes : c'était de traverser le Rhin à
Mayence, de remonter le cours de ce fleuve jusqu'à
Bâle, d'où je me rendrais à Zurich, où j'espérais trouver mon père.

Ce plan présentait encore plus d'avantages à un marchand qu'à des ouvriers; d'ailleurs, il avait été adopté
par des hommes d'âge et d'expérience : que pouvait faire
de mieux un enfant, que de le suivre à son tour? Ma
route tracée, il me restait à renouveler ma pacotille.
Ratisbonne me fournit seulement quelques articles de
menues merceries. Ce fut à Nuremberg que je pus former un assortiment de bijoux de similor, excellent objet de commerce dans les campagnes. J'y joignis des livres d'un débit sûr, des livres de piété, des almanachs;

et, sur la parole d'un libraire de Nuremberg, je me char-
geai aussi de plusieurs volumes de contes et de com-
plaintes que j'ai très bien vendus en Alsace.

Je débitai peu de marchandises de Nuremberg à
Mayence ; aussi, monsieur, je vécus de peu : c'est ce que
doit faire tout marchand dont le commerce languit. Mon
grand-père m'a souvent répété la comparaison que
voici :

Une pièce d'or est comme le bois de nos forêts : travaillé, il devient meuble, palais, navire ; jeté dans le
foyer, il n'en reste qu'un peu de cendre. De même, mise
dans le commerce, elle peut multiplier jusqu'à remplir
la caisse impériale ; employée à satisfaire nos besoins,
elle ne produit qu'un peu de fumier.

Dès que j'eus traversé la frontière de France, mon
négoce prit de l'accroissement. Le pays est riche et tranquille, les habitants honnêtes et bons. Je m'arrêtai dans
chacune des villes que je traversai. A mesure que je ven-
dais mes bijoux et mes livres, je les remplaçais par de
la parfumerie de Paris, des cristaux du Mont Cenis et
des rubans de Saint-Étienne, dont je me défis à Bâle,
où je pris en retour des mousselines suisses et des tulles
de coton, que je comptais revendre à nos brodeuses tyroliennes. J'avais à cœur de prouver à mes parents que,
malgré tant de traverses, j'avais su faire une bonne
campagne, mais je ne tardai pas à me repentir d'avoir
écouté mon ambition plutôt que la prudence. Lorsque
j'arrivai à Zurich, mon père et les autres charpentiers
tyroliens venaient d'en partir ; je les suivis, sans beaucoup
d'espérance de les joindre à Coire. Les pluies d'automne
rendent les routes mauvaises, les nuits sont déjà plus
longues que les jours, et mon voyage se continuait pé-
niblement.

Hier, en sortant de l'auberge où j'avais passé la nuit, je fus rencontré par un voyageur de l'aspect le plus vénérable : il entama la conversation, bien qu'il fût à cheval et moi à pied. Il parlait l'allemand, le français, l'italien, avec une égale facilité ; il était, disait-il, médecin de sa majesté l'empereur des Français, roi d'Italie, et il voyageait pour trouver des simples dont il pût composer un élixir merveilleux qui devait l'enrichir à jamais. Moi chétif, je l'écoutais avec admiration ; j'avais vu celui qu'il appelait son auguste maître, je lui contai naïvement, je devrais dire follement, quelle avait été sa générosité envers moi. Dans nos montagnes, monsieur, on respecte les cheveux blancs, et je me serais cru coupable si j'avais soupçonné d'une mauvaise action un homme au moins de l'âge de mon grand-père.

Vers le milieu du jour, ce méchant homme me dit : Enfant, vous devez être fatigué ; il y a encore trois grands quarts de lieue d'ici à l'auberge où je compte vous donner le meilleur repas que vous ayez fait de votre vie, montez sur la croupe de mon cheval, cela me permettra de lui faire prendre le trot. Aussi incapable de défiance que l'enfant qui vient de naître, je me place gaîment derrière lui. Bientôt, sous prétexte que l'appétit le presse, il quitte la route et prend un chemin de traverse, disant que nous arriverions plus tôt à cette bienheureuse hôtellerie ; mais nous n'apercevions toujours pas de maison, si loin que la vue pouvait s'étendre. Après avoir trotté assez longtemps, le prétendu médecin lança son cheval au galop ; la pauvre bête était couverte de sueur et d'écume, et pourtant l'hôtellerie ne se présentait pas. Je m'étonnai d'abord, je m'inquiétai ensuite, quand je

vis le jour s'assombrir. Mon conducteur ne daignait
plus répondre à mes questions, ce que j'attribuai au temps
et à la mauvaise humeur de s'être trompé de route;
enfin ma frayeur devint extrême, quand, à la nuit close,
il lança son cheval dans les sentiers de cette épaisse forêt. Je voulais quitter cet étrange compagnon de voyage,
dont j'avais peur, sans pourtant soupçonner ses mauvais desseins. Il me retint d'un bras robuste, et jetant
le masque d'honnêteté dont il s'était couvert, il me
commanda de lui donner ma balle, si je ne voulais pas
mourir sur-le-champ. J'obéis sans faire la moindre résistance.

— Je le conçois, interrompit le baron. Pauvre enfant!
à ton âge, . vie est le premier des biens.

Stéphen Werner reprit : J'avais mieux que ma vie
à conserver ; dans mon indiscrétion j'avais parlé de cinquante louis d'or et de marchandises pour la valeur de
plus de cent florins, qui étaient enfermés dans ma balle,
mais je n'avais rien dit de ma ceinture, où se trouve
l'argent de mes mandataires. S'il m'avait tué et dépouillé, tout aurait été perdu ; tandis que je puis arriver chez
nous, soit en mendiant, soit en travaillant. J'y arriverai
dans un mois, dans un an, dans dix ans, n'importe! je
pourrai me présenter à l'assemblée, et jeter ma ceinture, en disant comme tout honnête Tyrolien : Voilà!
le compte y est.

Stéphen Werner, ayant fini le récit de ses aventures,
cessa de parler. Le baron et la baronne de Kelberg l'as-
surèrent de leur protection ; et le premier lui promit que,
sous trois jours, il le ferait partir pour Hart, en voiture,
et sous l'escorte d'un homme de confiance. Sétphen, qui
avait retrouvé toute sa gaîté, avec l'espoir de se réunir

bientôt à sa famille, employa ces trois jours d'attente à fabriquer des jouets pour les enfants : Henri eut un joli chariot, sur lequel il put transporter l'herbe fleurie qu'il donnait à sa chèvre favorite ; Caroline reçut un chien et un lion, dont le bon air faisait le plus grand honneur au couteau du sculpteur montagnard.

Les préparatifs du départ furent terminés dans le temps que leur avait assigné M. de Kelberg. Le soir de ce troisième jour, le dernier que Stéphen devait passer au château, il fit ses adieux à la baronne et à ses enfants; ses yeux se mouillèrent de larmes en posant ses lèvres sur la main de madame de Kelberg ; mais c'étaient des larmes de gratitude et de bonheur ; car la pensée de revoir bientôt sa famille, et de mettre fin aux cruelles inquiétudes dont sa mère devait être dévorée, ne laissait pas dans son cœur de place à la tristesse. Il n'en était pas de même d'Henri et Caroline; ils regrettaient vivement leur nouvel ami, et ne trouvèrent que peu de consolations dans la promesse qu'il leur fit de visiter tous les ans le château de Kelberg.

Le voyage de Stéphen Werner s'exécuta sans accident, et le jeune colporteur ne cessait de bénir les bienfaiteurs que la Providence lui avait donnés. Cependant il ne connaissait pas jusqu'où leur générosité avait été à son égard.

A une petite distance de Hart, le chemin n'étant plus praticable pour les voitures, Stéphen et le domestique qui l'accompagnait pensèrent que le moment de se séparer était venu. Werner devait poursuivre sa route par des sentiers à lui bien connus du Voralberg, et son compagnon retourner à Coire. Ce fut alors que l'homme de confiance du baron remit une balle toute neuve au jeune colporteur. Stéphen s'empressa de l'ouvrir : elle contenait, avec cinquante pièces d'or toutes neuves aussi, une belle pacotille de mousselines et de tulles. A la vue de ces présents, qui réparaient ses pertes, Stéphen tomba à genoux, pour rendre grâces à Dieu et au baron de tant de joie. En un jour, retrouver sa fortune et revoir sa famille! quels sujets d'actions de grâces ! Un regret cependant se mêlait à sa félicité, c'était que M. de Kelberg se fût soustrait aux expressions de sa reconnaissance, en lui faisant remettre sa balle aux termes de son voyage.

Stéphen trouva toute sa famille réunie au bourg de Hart ; et je vous laisse à penser si la joie de le revoir fut grande, et de combien de bénédictions furent comblés le baron de Kelberg, l'empereur Napoléon et le colonel des chasseurs tyroliens, auxquels Stéphen était si redevable.

Jean Werner ne prit point de repos qu'il ne connût le généreux compatriote dont la confiance avait sauvé la vie de Stéphen. C'était un gentilhomme de l'âpre vallée de Montafen. Tandis qu'il servait l'empereur d'Autriche, les ouragans avaient fort endommagé la toiture de son manoir ; mais les charpentiers du Voralberg ne laissèrent pas sans réparations la demeure du bienfaiteur de l'un des enfants de la montagne. Aux premiers beaux jours, Jean Werner et ses amis travaillaient déjà activement à réparer le dégât causé par le mauvais temps ; et, bien entendu, ils ne voulurent entendre parler d'aucun salaire.

Au mois d'avril aussi, un jeune colporteur frappait à la porte du château de Kelberg : c'était Stéphen Werner ; il apportait à Henri et à Caroline un joli châlet en miniature et cependant assez grand pour loger la plus belle des poupées de la petite. Avec le châlet était un troupeau de vaches, chèvres et brebis proportionnées, le col entouré de guirlandes de fleurs et de feuillages, ainsi qu'on a coutume de les parer quand on les conduit de l'étable où elles ont passé l'hiver au pâturage dans la montagne. Dans le châlet était une jolie laiterie munie de tous ses ustensiles : le tout, se démontant facilement, tenait dans une boîte de grandeur médiocre; c'était l'un des plus beaux jouets qui aient été offerts à un enfant.

Stéphen amenait pour Henri un petit cheval des montagnes, parfaitement dressé par Jean Werner, et, au baron, un chien de la meilleure espèce et formé à la chasse par le plus intrépide chasseur du Voralberg, canton où les hommes sont passionnés pour cet exercice. Enfin Stéphen offrait à la baronne une superbe pièce de mousseline brodée par sa sœur Clotilde Werner. Le jeune colporteur, ni ses parents, ne croyaient s'acquitter par ces présents envers le baron de Kelberg, mais ils voulaient lui donner des témoignages de leur gratitude

LE CHEMIN DE FER.

Un beau jour du mois de septembre 1837, la mère Valentin dit à ses petits amis qu'elle avait l'intention de leur faire faire, le lendemain, une promenade dans la forêt du Vesinet, et qu'ils eussent à s'assurer du consentement de leurs parents.

C'était un grand événement pour les enfants, qu'une promenade avec la mère Valentin; la bonne femme sortait rarement de chez elle. Toute la bande joyeuse fut exacte au rendez-vous donné pour huit heures du matin, après les prières et le premier déjeuner. Pour plus de précautions, chaque marmot portait un morceau de pain, et la mère Valentin avait soigneusement emballé du raisin et des poires pour le second déjeuner.

Deux ânes attendaient à la porte de la bonne femme; quatre petits enfants furent assis dans les paniers; Lambert et André enfourchèrent résolument la croupe des baudets, tandis que Juliette et Anaïs, tenant leur rang de petites demoiselles, marchaient à côté de la mère Valentin, de l'air posé qui convient lorsque l'on a le ca-

bas de sa maman passé à son bras et une ombrelle toute
neuve à la main.

La caravane se mit ainsi en marche, après être convenu cependant que les deux fiers garçons céderaient
leurs montures à la première réclamation des petites
filles fatiguées.

Une fois dans la forêts personne ne voulut plus des
ânes ; les enfants se mirent à courir çà et là, ramassant,
qui des glands, qui des champignons ou des mousses,
qui de belles bruyères fleuries, dont on projetait de faire
des bouquets, des couronnes, des guirlandes : guirlandes
abandonnées, flétries, avant que les projets fussent achevés. Telle est l'allure de l'enfance : beaucoup de *vouloir*
et point de *pouvoir*, parce qu'elle n'a aucune suite dans
ses idées, ni aucune science qui puisse lui faciliter l'ac-
complissement de ses projets.

La mère Valentin marchait toujours, recevant le butin
que lui apportaient ses abeilles bourdonnantes, sans leur
faire fête d'un plus grand plaisir que celui de cueillir
des fleurs.

ANDRÉ. Mère, cette petite maison, qui est à l'extrémité
de l'avenue, n'est-ce pas celle où nous vînmes boire du
lait chaud l'an passé ?

LA MÈRE VALENTIN. Oui, c'est la maison du capitaine
Sauval, auquel nous allons rendre visite.

TOUS. Vous ne nous l'aviez pas dit, mère.

On frappe, la porte s'ouvre. — Je vous attendais avec
impatience, dit un vieillard décoré ; entrez, entrez tous,
on aura soin de vos montures. — La bande joyeuse
s'élance, traverse la maison, court vers le jardin ; mais,
ô surprise ! le jardin a disparu : une palissade, posée
presque au pied du petit perron, sèpare la modeste de-

meure du capitaine d'une route de moyenne largeur. De l'autre côté de ce chemin, une seconde palissade, et au-delà, une foule curieuse et parée comme pour une solennité publique.

Les enfants, voyant ce changement, se mirent tout de suite à questionner : — Où est donc le jardin ? pourquoi cette barrière ? est-ce qu'on ne l'ouvre jamais ? — Je sauterais bien par dessus, s'écria André. — Le maître du logis indiqua d'un geste que ce propos avait attiré l'attention d'un homme en uniforme, placé en sentinelle le long de la palissade, et l'ardeur téméraire du petit garçon se calma aussitôt.

JULIETTE (*à voix basse*). Mère Valentin, que fait-il là ce monsieur ? est-ce qu'il va nous gronder d'avoir cueilli des fleurs ?

LA MÈRE VALENTIN. Non, chère petite, c'est un cantonnier chargé de veiller à la sûreté de la route, ou plutôt du chemin de fer.

— Le chemin de fer, ah ! voyons, s'écrièrent tous les enfants en se précipitant contre la palissade.

ANDRÉ. Mère, vous vous moquez de nous, c'est un chemin comme un autre.

LA MÈRE VALENTIN. Regardez avec plus d'attention.

ANDRÉ. Je vois bien que ce chemin n'est pas de fer : si ce monsieur voulait me laisser passer, je vous apporterais du sable plein ma casquette.

LA MÈRE VALENTIN. Le fer n'est pas disposé ici comme les pavés sur une route ordinaire, il forme seulement des ornières peu profondes dans lesquelles roulent les voitures marchant à la vapeur ; ces ornières se nomment *rails*.

ANAÏS. Et s'il n'y avait pas de ces *choses* en fer ?

LA MÈRE VALENTIN. Sans les rails, la machine fonc-
tionnerait avec moins de facilité. On a tenté plusieurs
fois de s'en passer, mais ces essais ont été infructueux.

En cet instant l'attention des enfants fut attirée par
une manœuvre du cantonnier : il se mettait en faction,
la main droite à son chapeau, la gauche étendue vers
Saint-Germain.

JULIETTE. Que fait-il en se tenant comme ça?

LE CAPITAINE. Il indique, par ce signe, que la route
est libre pour le passage du convoi.

ANDRÉ. Pourquoi tout le monde regarde-t-il de ce
côté, il n'y a rien sur la route? — Ces mots étaient à
peine achevés, qu'une légère fumée fut remarquée, se
balançant dans l'espace, et un point noir parut à l'horizon ; en deux secondes la fumée était devenue un tourbillon, et le point noir avait pris des dimensions colos-
sales. L'air, si paisible il n'y avait qu'un instant, était
troublé par un sifflement semblable à celui d'un énorme
soufflet de forge, auquel se mêlaient les fanfares de la
musique militaire ; c'était la première voiture à vapeur
lancée sur le chemin de fer de Paris à Saint-Germain, et
remorquant une longue suite de wagons où se trouvaient
le roi, sa famille, ses ministres, des généraux, des savants, des artistes. — Regardez bien, regardez bien, dit
le capitaine, en élevant sur ses bras le plus petit des enfants; mais toute cette belle compagnie semblait voyager
sur un éclair, tant elle passa rapidement devant les curieux
ébahis. A peine si les hourras d'admiration partis des
deux bords du chemin l'atteignirent à travers les airs.

La vue de cette masse, en apparence insensible et in-
telligente, courant toute seule vers un but où l'entraî-
nait une force invisible, était bien faite pour frapper de

surprise des enfants, quand un si grand nombre de gens instruits et raisonnables éprouvaient ce sentiment à l'apparition de ce phénomène.

Les petits amis de la mère Valentin étaient également stupéfaits, mais ils n'exprimèrent pas leur étonnement de la même façon. Les plus jeunes restèrent médusés; ils regardaient encore que depuis longtemps il n'y avait plus rien à voir. André cria *bravo* quand les wagons filèrent devant ses yeux, se confondant les uns dans les autres, semblables aux rayons d'une roue que l'on fait tourner assez vite pour que la rapidité du mouvement nous la montre compacte, bien qu'elle soit à jour. Lambert se recula comme si *le frisement* lui avait brûlé les yeux; Juliette et Anaïs se pressèrent contre la robe de la mère Valentin, sans pourtant détourner leurs regards de l'objet de leur craintive admiration.

Quand cette première impression fut calmée, on s'assit sur les marches du perron, afin de ne pas s'éloigner de la palissade, et les questions recommencèrent. — En viendra-t-il d'autres? fut la première. — Dans dix minutes, répondit le maître du logis. Rassurés sur ce point, les enfants pensèrent à s'informer de ce qu'ils avaient vu.

La mère Valentin. Vous venez d'assister au passage d'une machine à vapeur, remplissant l'office d'un grand nombre de chevaux. Sur cette espèce de chariot qui marche en avant, sont placés les ingénieurs qui ont construit le chemin; les bras croisés, l'attitude fière et calme, ils se laissent emporter avec confiance par l'élément qu'ils ont soumis. Si ces messieurs sont rassurés et ne sont rien moins qu'inattentifs, le but de leur présence est de prévenir les accidents terribles que pourraient entraîner l'ignorance ou la présomption des sulbalternes.

LAMBERT. Où était la machine, mère Valentin?

LA MÈRE VALENTIN. En tête du convoi. N'avez-vous pas remarqué ce tuyau de fonte, qui a la forme d'un canon, mais qui est plus gros et plus long. A l'une des extrémités, est une chaudière en cuivre, surmontée d'une petite cloche; à l'autre, une cheminée en brique laisse échapper la fumée du charbon employé à échauffer l'eau de la chaudière. Cette machine est posée sur un train à quatre roues, dont les cercles sont en cuivre.

ANDRÉ. Pourquoi en cuivre, mère?

LA MÈRE VALENTIN. Un frottement aussi rapide rougirait le fer, qui, à son tour, enflammerait le bois dont se compose le train. Vous comprendrez peut-être mieux maintenant pourquoi on borde les chemins de fer d'une palissade, faite pour empêcher que ni hommes ni animaux ne puissent se placer sur le chemin des machines à vapeur : car entre le moment où l'on aperçoit le convoi et celui où l'on pourrait être atteint et pulvérisé, on n'aurait pas le loisir de décider si, pour l'éviter, il faut se jeter à droite ou à gauche. Les cantonniers, dont la consigne est d'écarter de la route les imprudents, doivent avoir aussi le soin de nettoyer les rails, afin que rien ne puisse faire obstacle à la machine : si une fois elle rencontrait de la résistance, le choc serait terrible. Plus tard, je vous conterai, à ce propos, deux aventures arrivées en Angleterre. Revenons à ce que je vous disais de la machine que l'on nomme *lcoomotrice,* mot dérivant de *locomotion,* mouvement; ainsi *locomoteur,* au masculin, *locomotrice,* au féminin, signifient qui met en mouvement. On attache à cette machine dix, quinze, vingt voitures ou wagons chargés, soit de voyageurs, soit de marchandises; selon le besoin, on lui fait encore remorquer des fardeaux. Mais regardez, le cantonnier reprend son poste, c'est son bras droit qui cette fois est tendu vers Paris.

ANDRÉ. Brist, encore une fois passé.

JULIETTE. Décidément on ne voit rien.

LAMBERT. Ah! mère Valentin, que je voudrais être prince pour voyager ainsi!

LA MÈRE VALENTIN. Il n'est pas du tout nécessaire d'avoir une couronne au front pour se donner ce plaisir. Les princes et les princesses parcourent des premiers ce chemin pour faire honneur à la science; mais à l'avenir, ces berlines, ces wagons seront livrés au public, qui jouira ainsi des avantages d'un moyen de transport rapide et commode. Un piéton fait communément une lieue à l'heure; un cheval, qu'on ne fatigue pas, en fait deux; la vapeur en fournit neuf et dix. L'homme et le cheval ont besoin de repos. La vapeur, qui n'est point une créature vivante, travaille toujours; il n'y a pour elle ni fatigues, ni maladies, ni vieillesse. Les conditions de son existence sont le feu du fourneau et l'eau de la chaudière.

JULIETTE. C'est comme pour les bateaux.

LA MÈRE VALENTIN. Sans doute le principe est le même, l'application seule est différente; si nous visitions les manufactures anglaises, vous retrouveriez la vapeur brodant jour et nuit des mousselines, ou tricotant des bas à jour.

ANAÏS. Vraiment! mais, comment la vapeur, qui n'y voit pas, peut-elle être si adroite?

LA MÈRE VALENTIN. Elle n'a besoin ni d'adresse ni d'in-

telligence, puisqu'elle n'est que la force qui met en mouvement les machines d'où sortent ces ouvrages.

ANDRÉ. Ce sont donc les machines qui sont adroites et
intelligentes?

. LA MÈRE VALENTIN. Le seul mot de machines, que vous
venez d'employer, aurait dû vous faire comprendre le
non-sens de votre question. L'intelligence appartient à
qui invente les machines et les fait travailler à sa place.
Ainsi le fer, le cuivre, le bois, disposés par l'homme
en rouages, en poutres, en traverses, sont devenus ses
jambes, ses bras, ses mains, ses yeux; de même, je vous
l'ai déjà dit, l'eau, le vent, le feu ont remplacé sa force
musculaire et mettent en mouvement le marteau du for-
geron, la scie du scieur de long, l'aiguille de la bro-
deuse; mais la pensée qui les conduit reste dans la tête
de l'homme.

La mère Valentin fut interrompue par le passage d'un
troisième convoi. Cette fois, les enfants n'eurent plus
peur de l'impétuosité de la marche; tous battirent
joyeusement des mains, et si, à la seconde course, Lambert avait éprouvé du regret de n'être pas prince,
pour jouir du plaisir de monter dans un wagon, à celle-
ci, Juliette, comprenant à sa manière la promesse de
la mère Valentin, que le public serait appelé à profiter
de ce nouveau moyen de transport, s'écria : Tous les
Parisiens absolument, sans en oublier un seul, pourront
donc venir à Saint-Germain aujourd'hui?

LA MÈRE VALENTIN. Il en viendra beaucoup; mais tous,
c'est trop; je vous ai dit que le transport à la vapeur
offrait commodité, promptitude, économie. La commodité consiste dans la forme des voitures; la promptitude,
je vous ai déjà démontré qu'elle était huit fois plus

grande que la marche de l'homme, et quatre fois que
celle du cheval; l'économie ne sera pas difficile à vous
faire comprendre. Que l'un de vous aille, avec monsieur
le capitaine, demander au cantonnier de combien de
wagons se composait le dernier convoi ; je suis sûr
que ses yeux, plus exercés que les nôtres, ont pu en apprécier le nombre.

André le résolu s'empressa de prendre la main du
vieil officier, et tous deux s'approchèrent de la palissade ; quand ils revinrent, le capitaine rendit compte de
l'enquête : — Il y avait trois berlines et dix wagons;
chaque berline a trois caisses, les wagons quatre ; les
caisses contiennent huit voyageurs et leurs bagages.

La mère Valentin. Pour transporter de Paris à Saint-
Germain le même nombre d'individus qu'en chariait ce
convoi, il faudrait dix voitures publiques ordinaires, autant d'attelages de deux chevaux qu'il y a de caisses, de
berlines et de wagons, c'est-à-dire quarante-neuf;
voilà donc quatre-vingt-dix-huit chevaux mangeant foin
et avoine, auxquels il faut de la litière pour se coucher,
des fers aux pieds et des harnais sur le dos, occupés à
parcourir en deux heures l'espace que la vapeur fran-
chit en vingt-huit minutes. Je crois que l'économie est
assez prouvée par ce simple aperçu.

André. En ce cas, il n'y aura plus sur les routes que
des voitures à vapeur.

La mère Valentin. Le jour où cela sera n'est peut-être
pas éloigné ; mais dans l'état où la science se trouve
aujourd'hui, il y a beaucoup d'obstacles à surmonter et
d'énormes dépenses à faire pour établir des lignes de
chemins de fer. Les machines locomotrices ne tournent
point sur elles-mêmes comme les voitures conduites par

des chevaux. D'ailleurs, quel terrain faudrait-il pour faire manœuvrer cette longue file de wagons. La machine ne saurait non plus monter et descendre des pentes rapides. Ainsi, lorsque l'ingénieur rencontre une montagne, il faut faire jouer la pioche et la mine, afin de pratiquer une ouverture ; on soutient ensuite les terres au moyen d'une voûte comme celles des caves, et l'on dispose les *rails* à plat entre les flancs de la montagne. Si c'est une vallée qui s'enfonce devant ses pas, l'ingénieur exhausse une chaussée qui nivelle le terrain ; s'il s'agit de réunir deux plateaux peu éloignés, il jette un pont. Vous comprenez, mes enfants, que pour refaire ainsi l'œuvre de Dieu, il faut du temps et des peines : mais avec quelle reconnaissance nous devons élever notre cœur vers notre Père céleste, qui a daigné nous créer à son image non un corps fragile, et souvent difforme, mais une âme qui sait le connaître et l'adorer, et une intelligence capable de s'élever jusqu'à l'imiter dans quelques-unes de ses œuvres matérielles.

La mère Valentin s'arrêta, les enfants l'écoutaient encore.

— Mère, dit Juliette après un instant de silence, vous nous avez promis deux histoires sur les voitures à vapeur.

LA MÈRE VALENTIN. Nous allons nous occuper du second déjeuner, pour ensuite reprendre la route d'Herblay ; mais demain, à l'heure accoutumée, j'accomplirai ma promesse.

LE CHEMIN DE FER

OU LES DEUX TÉMÉRAIRES.

—⊃≪—✕✕—⊃≪—

LE MINISTRE.

En 1822, l'Angleterre jouissait d'un spectacle analogue à celui auquel nous venons d'assister : on inaugurait le chemin de fer de Manchester à Liverpool. C'était au zèle de M. Hutchinson, ministre du commerce et des manufactures de l'autre côté de la Manche, que ces deux villes, également importantes, devaient ce miraculeux moyen de communication. Non content d'avoir favorisé l'érection du chemin de fer, M. Hutchinson voulut être au nombre des premiers voyageurs que la vapeur transporterait de Manchester à Liverpool. Les Anglais, amateurs passionnés de toute invention utile, montrèrent, par leur empressement à essayer les wagons, qu'ils comprenaient toute l'importance de la substitution de la vapeur aux moyens de locomotion employés jusqu'alors.

Une fête brillante avait été préparée ; là, comme chez nous, des chœurs de musique précédaient les convois, et au lieu des voitures qui devaient à l'avenir transporter des caisses et des ballots, la machine remorquait des chars élégants, ornés de bannières et de guirlandes.

La foule, accourue de tous les points de l'Angleterre pour assister à cette inauguration, était immense ; malgré les quarante-six lieues qui séparent Londres de Manchester, un grand nombre d'habitants de la capitale y étaient venus. Ces curieux étaient des gens riches, dont les beaux équipages et les parures élégantes rehaussaient l'éclat de la fête. Il y avait beaucoup de dames.

Un succès complet couronna l'entreprise : les noms des ingénieurs furent proclamés avec enthousiasme, on se félicitait de vivre dans un temps où l'homme avait confiance au génie de l'homme ; l'on raillait les siècles précédents, qui ont méconnu les premiers qui dirent et ceux qui répétèrent qu'il n'y avait pas de force égale à celle de la vapeur ; les ridiculisant, parce que, disait-on, ils voulaient faire reposer le commerce des nations sur un tourbillon de fumée. M. Hutchinson, comme on le pense bien, prenait sa part des compliments ; il partageait la joie générale.

Après avoir expérimenté ce que cette nouvelle manière de voyager présente d'avantages, le ministre avait accepté un repas que les notables des deux villes lui avaient offert. Des toasts furent portés à la prospérité de Manchester et de Liverpool, au triomphe de la vapeur ; le dernier doit être vidé en face du nouveau convoi que l'on vient de signaler. Les convives quittent la tente où la table était dressée ; M. Hutchinson, les devançant tous, se place témérairement entre les rails ; il veut juger de l'effet de la machine vue en face, et, sa montre en main, il se dispose à compter les minutes qu'elle emploiera à franchir l'espace encore considérable qui les sépare ; mais il s'est à peine écoulé quelques secondes, que des cris d'effroi, partis de tous côtés, avertissent M. Hutchinson du danger de sa position ; il lève les yeux, voit son ennemi qui s'avance sur lui avec cette rapidité qui ne peut être comparée qu'à celle du vent.

Cette masse, que les drapeaux et les fleurs dont elle est pavoisée rendent encore plus grande, la fumée, le bruit de la machine, semblable aux rugissements des bêtes féroces, les cris d'angoisses et d'épouvante que pousse la multitude, tout se réunit pour l'étourdir, le fasciner. Il hésite un quart de minute, s'il se jettera à droite ou à gauche ; il veut s'élancer, il est trop tard, la machine l'a touché ; il est renversé, l'un de ses membres est broyé, avant que les ingénieurs soient parvenus à arrêter le convoi.

LAMBERT. On peut donc arrêter la vapeur?

LA MÈRE VALENTIN. Oui, l'art du mécanicien est arrivé à ce degré ; mais en raison de la force de l'impulsion, cette opération n'est ni très prompte ni facile.

JULIETTE. Qu'est devenu ce pauvre monsieur après un aussi cruel accident?

LA MÈRE VALENTIN. Il est mort en d'atroces souffrances. C'est ainsi que par le malheur d'un personnage aussi considérable, la Providence a voulu enseigner tout d'un coup ce qu'on avait à craindre du nouveau présent que la science venait de faire à l'industrie.

ANDRÉ. Pourquoi, mère, ne s'est-il pas garé plus vite?

LA MÈRE VALENTIN Il l'aurait fait s'il eût conservé sa présence d'esprit ; mais je vous ai déjà dit qu'il s'était troublé en présence d'un péril aussi imminent.

ANDRÉ. Ah ! il a eu peur !

ANAÏS. Qu'y a-t-il d'étonnant à cela?

ANDRÉ. Il n'y a que les femmes qui ont peur.

LA MÈRE VALENTIN. Pas toujours ; le courage humain

tient à diverses causes; tantôt il naît d'un mouvement de l'âme qui le porte à ne rien calculer, tel est celui de la mère défendant sa famille. Depuis la plus faible des volatiles jusqu'à la lionne, depuis la brute jusqu'à la femme, il n'y en a pas une seule qui ait peur dans une semblable occasion ; de même que l'amour maternel, le point d'honneur empêche les hommes de fuir devant certains dangers. Mais lorsque le sentiment n'est point en jeu, le courage tient à la conscience que l'on a de pouvoir résister au péril : ainsi l'homme, qui ne reculerait point devant un fer qu'il peut espérer détourner, tremblera devant un ennemi qu'il ne peut combattre. D'ailleurs le courage humain, si grand qu'il soit, ne peut pas être au-dessus de nos facultés; c'est donc une extrême folie que de braver la mort sans utilité.

ANAïS. Il ne peut jamais y avoir d'utilité à se placer sur un chemin de fer, puisque c'est défendu.

LA MÈRE VALENTIN. Vous avez raison. Cependant, si M. Hutchinson s'était jeté entre les rails pour sauver sa mère ou son enfant, ce serait un héros; mais comme il y est venu par curiosité, ce n'est plus qu'un téméraire.

JULIETTE. Et le second exemple, bonne mère?

LA MÈRE VALENTIN. Il est moins tragique, quoiqu'il s'en soit fallu de bien peu qu'il le fût davantage.

LE PATRE.

Vous venez d'apprendre, mes petits amis, quel terrible avertissement a été envoyé par le ciel aux imprudents. Voici maintenant celui que, dans cette même Angleterre, les hommes viennent de donner à leur tour.

Un enfant conduisait chaque jour les troupeaux d'un riche fermier du comté de Lancastre dans un chemin limitrophe du chemin de fer de Manchester à Liverpool. Chaque jour le petit pâtre était témoin des précautions prises par les cantonniers pour éviter les accidents ; il ne pouvait se rendre compte du but de tant de soins, et, dans son ignorance, il les trouvait puérils.

Quelques semaines de bon voisinage établirent une parfaite intimité entre les cantonniers et lui ; alors il osa les plaisanter sur les prétendus dangers dont les administrateurs du chemin de fer semblaient préoccupés.

Les cantonniers, auxquels le petit pâtre s'adressait, avaient la conscience de leurs devoirs ; ils en comprenaient l'importance ; mais, comme il arrive souvent, ils étaient hors d'état de le démontrer. Voilà donc l'imagination de l'enfant trottant entre le doute et la curiosité. Les cantonniers s'amusaient-ils à ses dépens, ou avaient-ils raison de craindre si fort les suites du choc de la machine à vapeur contre un objet capable de lui offrir de la résistance ? Qu'arriverait-il donc en ce cas ? Du moment où le petit pâtre se fut posé cette question, l'envie de la résoudre devint si forte, qu'il se mit à faire des vœux pour que la machine rencontrât dans sa course un obstacle quelconque. Une fois il eut la barbare pensée d'exposer un de ses agneaux sur le passage des wagons, et de dire ensuite à son maître qu'un loup l'avait enlevé.

JULIETTE et ANAÏS. Ah ! le méchant !

— Il ne l'était pas autant que vous le supposez, car la pitié le retint au moment où il allait jeter le petit animal sur le chemin ; au lieu de le sacrifier à sa curiosité, il le baisa et le rendit à sa mère, qui le suivait en bêlant.

Cependant l'enfant ne pensait plus qu'aux voitures à vapeur ; il les suivait des yeux tout le jour, et en rêvait la nuit, sans pouvoir décider si l'exactitude des canton-

niers à remplir leurs devoirs était de la duperie, ou si
vraiment cette masse roulante recélait quelque danger
mystérieux et terrible. Il était dans ces dispositions,
lorsqu'un matin, ramenant son troupeau de la ferme au
pâturage, il trouve, sous ses pieds, un fer à cheval; il
le ramasse et l'emporte : d'abord sans intention arrêtée,
il jouera avec, le donnera à son maître ou le vendra au
marchand de vieilles ferrailles; en attendant il le tourne
et le retourne dans ses mains. Un fer à cheval n'est pas
très épais, mais par sa dureté il offrirait plus de résistance que les méchants cailloux qu'on enlève si soigneusement des rails. De ce raisonnement il passa à cette
conclusion : si je mettais ce fer dans un des rails, je
verrais ce qu'il en arriverait.

Une fois cette fantaisie entrée dans sa tête, elle devint
irrésistible, comme toutes les fantaisies des êtres dérai-
sonnables. On attendait une longue suite de wagon.
pesamment chargés des produits des manufactures de
Manchester; il y avait aussi des passagers qui se ren-
daient à Liverpool pour s'embarquer. Les rails ayant
été visités avec le soin accoutumé, les cantonniers re-
tournent à leurs postes : l'enfant, saisissant un court instant où personne ne peut le voir, jette le fer à cheval
dans un des rails, et, le cœur palpitant, il s'étend à plat
ventre dans l'épaisse luzerne où paissent les vaches. Interrogé plus tard, il a avoué qu'aussitôt qu'il avait jeté
le fer, il s'était repenti de son action, et que s'il avait
pu le retirer, il l'aurait fait; mais il n'était plus temps
d'avoir des pensées raisonnables. Le chargement des
marchandises ayant traîné en longueur, l'heure où les
wagons doivent arriver à Liverpool *va* sonner : les ouvriers activent le feu, l'eau bouillonne dans la chau-

dière, des étincelles s'échappent de la cheminée semblables à des paillettes d'or mêlées à.d'épais tourbillons
de fumée. Le convoi court, vole, il est impossible de le
suivre des yeux. Soudain une secousse terrible ébranle
la machine ; les voyageurs, enfermés dans les voitures,
sont bousculés les uns sur les autres ; deux de ceux qui
étaient assis en dehors sont lancés dans le champ de luzerne : l'un y trouve la mort; le second, des blessures
graves. Ceux qui évitèrent un saut aussi périlleux ne
durent leur salut qu'à des cordes ou à des morceaux de
bois auxquels ils purent s'accrocher.

La machine avait heurté le fer à cheval ; heureusement il n'eut pas assez de force pour la faire sortir des
rails, ce qui aurait mis en danger de mort ou de muti-
lation tous les voyageurs. De son poids, elle pulvérisa le
fer à cheval comme elle avait pulvérisé les membres du
malheureux M. Hutchinson, et continua sa course vers
Manchester, allégée seulement du poids de deux infor-
tunés restés dans la luzerne, en compagnie du petit
pâtre.

Le jour même, une enquête fut faite sur les causes de
cet accident, des parcelles de fer furent trouvées dans un
des rails. Les cantonniers allaient être destitués, comme
coupables de négligence, lorsque l'un d'eux se souvint
d'avoir vu le fer à cheval entre les mains du jeune pâtre.
L'enfant, conduit devant les magistrats, confessa sa faute ; mais sa candeur ne put désarmer la sévérité de ses
juges ; ils l'envoyèrent en prison, en attendant les pro-
chaines assises, où il devait paraître sous l'accusation
terrible d'homicide volontaire.

Les jurés se seraient peut-être laissé désarmer par
sa jeunesse et son ignorance ; mais on leur fit compren-

dre l'importance de graver dans tous les esprits le respect que l'on doit à la consigne établie sur les chemins
de fer. Ainsi le pauvre enfant fut condamné à la dépor-
tation, et transporté à Botany-Bay, comme s'il eût été
un criminel consommé

LES DEUX ÉLÈVES.

Après avoir été mariée, madame Morand obtint du
ciel la grâce de devenir mère d'une jolie petite fille, que
l'on nomma Louise, parce qu'elle était née le jour de la
fête du saint roi Louis. Madame Morand voulut nourrir
elle-même sa fille. Ainsi les premiers sourires, les premiers pas, les premiers mots de Louise furent autant de
sujets de joie pour ses heureux parents. Ils étaient en-
chantés de sa précocité, de son intelligence. Son père
et sa mère se communiquaient mutuellement une foule
de petits traits spirituels, d'où ils tiraient la conclusion
que Louise était un enfant extraordinaire, dont ils devaient être glorieux.

Il en fut ainsi, tant que Louise toute petite n'eut à
obéir qu'à la nature, qui chaque jour rend les enfants
plus gentils, en développant leurs petites idées en même
temps que leurs forces. Ils font ainsi de rapides progrès. Mais, plus tard, on exige d'un enfant qu'il soit pro-

prc, qu'il ne pleure pas à tous propos, et ne se mette
point en colère à la moindre contrariété ; et si, au lieu
d'écouter les leçons de sa maman, il persiste dans ses
mauvaises habitudes, il arrive que les compliments se
changent en gronderie.

Louise était fort sujette à de violents emportements.
Un jour donc, dans un de ses accès de fureur, elle mordit sa bonne : grande réprimande de la part de la maman. La petite fille pleure, promet qu'elle ne le fera
plus, se fait pardonner et recommence le lendemain.
M. Morand eut alors le courage de prendre la petite main
potelée de Louise et de mordre fort. L'enfant, effrayée de
ce châtiment, n'essaya plus sur personne la force de ses
dents. Non-seulement Louise était en colère, mais, dans
sa joie, elle était aussi bruyante qu'un petit garçon : de
plus, gourmande, entêtée et étourdie, étourdie comme
un hanneton. Sa maman la reprenait continuellement
sur ses fautes ; la main tournée, elle ne se souvenait plus
de ses leçons. C'était bien affligeant pour monsieur et
madame Morand ; eux qui naguère se félicitaient de si
bon cœur des grâces de leur petite fille, ne s'abordaient
plus maintenant qu'en se demandant : — Que ferons-
nous de cette petite fille ?

Cependant madame Morand, qui avait nourri Louise,
ne pensait pas à la mettre en pension ; elle voulait entreprendre elle-même son éducation. Elle était fort instruite, bonne musicienne, dessinait à merveille, et
depuis qu'elle était mère, elle ne s'occupait de ses ta-
lents que dans la pensée de les donner à sa fille. De son
côté, M. Morand s'apprêtait au rôle d'instituteur. Il n'é-
tait pas de ces hommes qui aiment l'ignorance chez les
femmes. Il se plaisait, au contraire, à l'idée d'orner

l'esprit de sa fille de connaissances au-dessus de celles de son sexe.

Tout cela était des projets pour l'avenir, de superbes spéculations, qui, si elles se réalisaient, ne manqueraient pas de faire de Louise une jeune personne parfaite. Mais, avant d'aborder les sciences et les arts, il fallait commencer par le commencement de toute éducation, c'est-à-dire apprendre à lire à Louise. Voilà donc madame Morand en quête des meilleures méthodes inventées afin de faciliter aux enfants cette première instruction : *Alphabets illustrés* par les plus jolies images, jeux de dominos, cartes découpées, tableaux : rien ne fut négligé. Louise regarda les images, joua avec les dominos, mais ne retint ni le nom ni la figure d'une seule lettre.

Madame Morand fut plus chagrine que surprise de ce résultat de ses leçons. Déjà elle avait échoué à apprendre à Louise deux choses : prier le bon Dieu, et parler correctement ; car si, par la grâce de dame nature, l'enfant avait la langue bien pendue et le caquet aussi bien effilé que petite fille au monde, par la grâce de son ignorance et de son étourderie, elle s'exprimait dans un jargon incompréhensible pour quiconque n'avait pas l'habitude de l'entendre.

Telle était Louise à quatre ans ; madame Morand avait déjà passé trois mois à tenter inutilement de lui apprendre à lire. Louise avait plus d'une fois perdu ses dominos, déchiré son alphabet et ne connaissait ni A ni B, lorsqu'un neveu de M. Morand vint passer les vacances à la campagne, chez son oncle.

Ernest était un grand jeune homme de dix-sept ans ; il faisait sa rhétorique au collège de Henri IV, et, comme il se destinait à être professeur dans le même collége, il étudiait les enfants, et n'aimait que ceux qu'il voyait intelligents et appliqués.

Un jour où madame Morand se donnait inutilement une peine extrême pour faire comprendre à Louise ce que c'était qu'une voyelle, et que la petite fille inattentive la désespérait par ses réponses saugrenues : Mon Dieu ! s'écria la pauvre dame, que je suis malheureuse d'avoir un enfant qui a si peu de mémoire ! — Ce n'est pas la mémoire qui manque à ma cousine, chère tante, dit Ernest : Louise est gourmande, elle n'oublie pas quand on doit servir un plat qu'elle aime ; qu'elle voie à la promenade des petits garçons jouer à un jeu bruyant, elle le saura aussitôt ; qu'elle entende sa bonne se servir d'une expression vulgaire, elle n'aura garde de l'oublier. Ainsi Louise peut apprendre quand elle veut ; la bonne volonté et l'application remplacent si bien les autres facultés plus brillantes, que si je veux aller tirer de sa niche votre bon chien Moustache, je gage lui enseigner l'exercice en douze temps en moins de jours qu'il n'en faudra à Louise pour connaître les cinq voyelles. — J'accepte la gageure, dit madame Morand ; il faut espérer que Louise ne me fera pas cet affront, que de montrer moins de docilité à mes leçons que Moustache n'en apportera à celles de mon neveu.

— Mais, reprit à son tour M. Morand, qui était présent à cette conversation, Ernest emploiera le fouet pour faire obéir Moustache, et ce moyen réussirait peut-être avec les enfants rebelles? — Moi pas une bête comme *Icien*, s'écria aussitôt la petite fille.

MADAME MORAND. Voyons, explique-nous quelle différence il y a entre Moustache et toi.

LOUISE *résolument*. Ze pale. — Là se termina l'énumération de ses qualités supérieures à celles de Moustache ; car, au fait, il marchait, buvait, mangeait tout comme elle, d'autant plus qu'elle se servait si mal de sa cuiller et de sa fourchette, que ce fut le souvenir des réprimandes qu'elle recevait à ce sujet deux fois par jour, qui l'arrêta tout court, au moment où elle allait réclamer cet avantage. — *Paler*, reprit Ernest en se moquant de Louise, *paler* est sans doute une belle chose, surtout quand on *pale* bien ; mais je n'en soutiens pas moins, ma tante, que mon élève me fera plus d'honneur que la vôtre.

MADAME MORAND. Combien prenez-vous de jours pour instruire Moustache?

ERNEST. Douze.

MADAME MORAND. Que parions-nous?

ERNEST. Si je perds, ma chère tante, je serai à votre discrétion, vous ferez de moi tout ce que vous voudrez; mais si, au contraire, au bout de douze jours, Moustache est plus savant que Louise, nous changerons d'élève; je vous donne mon chien, et je prends votre petite fille.

Le marché fut accepté par monsieur et madame Morand. — Entends-tu, Louise, dit cette dernière à sa fille, tu as douze jours pour apprendre les cinq voyelles. — Louise ne savait pas plus compter qu'elle ne savait lire; le nombre douze ne signifiait rien pour elle. Ainsi elle demanda, dans son langage, si ces douze jours devaient être passés avant la nuit.

MADAME MORAND. Eh non! cela veut dire qu'il fera douze fois nuit avant que Moustache soit obligé de savoir faire l'exercice, et toi de connaître *a, e, i, o, u*.

Il aurait fallu réfléchir pour comprendre ce que sa

maman voulait dire par ces paroles. Louise aima mieux
courir et sauter par la chambre, en faisant un bruit qui
incommodait fort les voisins ; tout ce qu'elle devinait,
c'est qu'elle avait du temps devant elle, et qu'alors il
n'était pas nécessaire de se gêner.

Ce fut bien en vain que madame Morand espéra que
cette gageure éveillerait l'émulation de sa fille. Chaque
jour, cependant, elle lui montrait Moustache droit sur
ses pattes de derrière, la queue serrée, les oreilles basses,
le bout de la langue sorti de la gueule, qui semblait
faire les plus grands efforts d'attention, tandis qu'elle,
au lieu d'écouter ce que lui enseignait sa maman, bâil-
lait, regardait les mouches voler, cherchait même parfois à les attraper. Les leçons finies, c'étaient des caresses d'un côté, des reproches de l'autre. Moustache,
rendu à la liberté, bondissait joyeusement autour de
son maître, qui, d'ordinaire, lui tenait en réserve du
sucre ou des gimblettes ; et Louise s'en allait pleurant et
boudant, car elle trouvait très injuste de donner des
bonbons à un *tcien*, et de gronder une petite fille.

Les douze jours accordés pour la gageure passèrent
rapidement ; le moment de l'examen venu, Moustache
fit l'exercice comme un conscrit. Portez armes ! Pré-
sentez armes ! En joue ! Feu. Et Louise ne sut désigner
que les *o, pa ce qui sont tout ond*, dit-elle. — J'ai perdu,
avoua madame Morand d'un ton triste ; je n'ai qu'une
parole, mon cher Ernest, donnez-moi votre chien, et
prenez ma petite fille.

M. Morand. Que vas-tu faire d'une si mauvaise éco-
lière ?

Ernest. Agir selon la justice, et, tandis que ma tante
récompensera l'application et l'intelligence par toutes

3..

sortes de bons traitements, moi, je mettrai Louise à la place de mon chien. — Monsieur et madame Morand se récrièrent à ce discours de leur neveu. Ah! mon Dieu! reprit Ernest, n'y a-t-il pas d'un côté docilité, persévérance; de l'autre, mauvaise volonté, étourderie, paresse. Ainsi, je vous fais juges, qui mérite, de Moustache ou de Louise, un bon lit, ou la paille d'une niche? une place à table avec nous, ou de la mauvaise soupe dans une écuelle de bois? Répondez franchement, non selon votre tendresse, mais selon votre conscience?

Louise avait écouté avec inquiétude le discours de son cousin; elle regardait alternativement son papa et sa maman, cherchant à lire leur réponse dans leurs yeux.

Madame Morand. Il est cruel d'en convenir, mais Moustache vaut mieux que Louise. — M. Morand, plus courageux encore, dit à son neveu : Prends-la, et attache-la dans la niche.

A cette condamnation, Louise jeta des cris perçants; elle s'accrocha à la robe de sa mère, la priant de la défendre, et lui promettant d'être bien sage, bien docile à l'avenir. Madame Morand, touchée d'un si violent désespoir, s'humilia devant Ernest; elle le conjura de revenir sur leurs conditions, s'engageant pour Louise; enfin elle obtint encore douze jours pour apprendre ces malheureuses voyelles; mais ce terme passé, plus de rémission, il fallait savoir, ou prendre la place de Moustache.

— Applique-toi, mon ange, je t'en prie, disait la tendre mère. *Mi pas une bête*, répétait la petite fille indignée.

— Que sais-je, répondait madame Morand; ce qui distingue l'enfant de l'animal et lui donne droit à être mieux traité, c'est la volonté de bien faire : commence par apprendre à prier le bon Dieu, tu verras qu'il t'aidera à remplir la tâche qui t'est imposée.

Louise, qui avait bien peur d'être attachée dans la niche, écouta cette fois sa maman. Le soir, elle sut dire : Notre Père, qui êtes aux cieux, faites-moi la grâce d'être bien sage et d'apprendre ma leçon. Le lendemain, elle traça un *o* sur le sable ; le surlendemain, un *i* et un *a* ; et les douze jours passés, elle savait non-seulement désigner les cinq voyelles, mais elle les accouplait avec *b*, *c*, *d*. Une fois l'habitude du travail prise, Louise, qui n'était pas plus bornée qu'aucun autre enfant de son âge, apprit ce que ses parents prirent la peine de lui enseigner. Elle devint, ainsi qu'elle avait déjà été, leur joie ; en même temps elle faisait son propre bonheur, car il n'y a pas de contentement pour l'enfant qui afflige sa famille.

L'ÉCLAIRAGE PAR LE GAZ.

ANDRÉ *entrant chez la mère Valentin.* Ah! mère Valentin, c'est bien beau, n'est-ce pas?

LA MÈRE VALENTIN. De quoi parlez-vous, mon enfant?

ANDRÉ. De ce que j'ai vu à Paris.

A Lambert qui rit : Oui, c'est beau, pourquoi ris-tu? tu ne sais pas seulement de quoi je veux parler.

LA MÈRE VALENTIN. C'est justement ce qui le fait rire : rien de plus ridicule que de réclamer l'admiration, la gaîté, l'attendrissement, sans dire d'abord à quel propos il faut admirer, se réjouir ou pleurer. Voyons maintenant, qu'y a-t-il de si beau à Paris?

ANDRÉ. Ce sont les lumières qui éclairent les rues.

JULIETTE, ANAÏS et LAMBERT. Ah! le beau sujet pour tant se récrier!

ANDRÉ. Oui, c'est beau, c'est clair comme la lune, quand il n'y a ni nuages au ciel, ni brouillards sur la rivière; mais c'est dans des cages de verre, où ça brille plus que la lune ne brille au ciel ; puis il y en a beaucoup, et quand on regarde de dessus le pont d'Iéna, ce sont de longues rangées de lumières à perte de vue, comme les allées d'arbres de la forêt.

ANAÏS. A quoi bon tant de lumières la nuit dans les rues ? quand il est tard, on ne se promène plus, on dort.

LA MÈRE VALENTIN. Il n'y a que les enfants qui se couchent à la fin du jour, les grandes personnes veillent, et, dans les villes, elles sortent de leurs maisons, la nuit comme le jour.

ANDRÉ. Et c'est fièrement amusant de parcourir des rues si bien éclairées.

JULIETTE. Je voudrais bien savoir ce qu'il y a dans ces cages de verre dont parle André ?

LAMBERT. C'est bien malin, ce sont des lampions ; il y en avait aux fenêtres du château de Saint-Germain, le jour de la prise d'Alger ; vous étiez couchés, vous autres ; mais moi j'ai vu cela avec papa, ça s'appelle une illumination.

ANDRÉ. Les belles lumières de Paris brûlent sans suif, sans huile, sans mèches ; elles brûlent comme les étoiles du ciel, avec cette différence qu'elles sont plus grosses et plus brillantes.

JULIETTE. Mon Dieu ! c'est donc un miracle ?

LA MÈRE VALENTIN. Non, mon enfant; le seul miracle qu'il y ait dans tout ceci, c'est l'intelligence que Dieu accorde à l'homme. Le brillant phénomène qu'André a observé à Paris n'est autre chose que l'éclairage par le gaz hydrogène.

TOUS LES ENFANTS. Mère, qu'est-ce que le gaz ?

LA MÈRE VALENTIN. Je vais tâcher de vous le faire

comprendre. Que l'un de vous aille d'abord chercher,
sous le fourneau de la cuisine, une pierre noire et
brillante; c'est celle que nous avons ramassée sur la
route, et dont je me suis engagée à vous expliquer la
nature.

André sort : il rentre bientôt, tenant dans sa main
un morceau de charbon de terre.

La mère Valentin. Pardon de la peine, mon ami.

André. Mère, la petite Jeanne dit que ce n'est pas une
pierre, mais du charbon, est-ce vrai?

La mère Valentin. Oui, c'est du charbon, mais du
charbon de terre.

Juliette. Pourquoi de terre?

La mère Valentin. Il est ainsi nommé, parce qu'on
l'extrait des entrailles de la terre, où il se trouve à une
grande profondeur. On désigne, sous le nom de houil-
lères, les mines dont on tire ce combustible. Des popu-
lations entières y sont employées et passent une grande
partie de l'année à plusieurs centaines de pieds sous
terre. Les travaux des mines d'or, d'argent, de sel, en
général, qu'elles soient de houille, de fer, etc., sont fort
intéressants à connaître. Mais ce n'est pas ce qui nous
occupe en ce moment; nous voulons, ce me semble,
savoir comment est produit le gaz dont on éclaire les
rues de Paris.

Tous les enfants. Oui, oui.

La mère Valentin. Mettez au feu ce morceau de
houille, vous avez compris que le charbon de terre
porte aussi ce nom?

Anaïs. Pas moi, mère.

La mère Valentin. Eh bien! vous le savez à présent. André, soufflez le feu, la houille est difficile à
allumer.

JULIETTE. C'est vrai, elle s'embrase lentement; l'autre charbon ne vient donc pas des entrailles de la terre.

LA MÈRE VALENTIN. Non, c'est du bois, brûlé à petit feu, et que l'on éteint avant qu'il ne se réduise en cendres.

ANAIS. Pourquoi s'en sert-on pour cuire la soupe, plutôt que du charbon de terre?

LA MÈRE VALENTIN. La houille produit une fumée noire, désagréable, et même nuisible: on ne peut la brûler que dans les endroits où il y a des conduits préparés pour porter la fumée au loin.

ANAÏS. Je comprends, l'autre charbon n'a pas de fumée, il n'est ni désagréable ni nuisible.

LA MÈRE VALENTIN. Détrompez-vous, il est nuisible au point de donner la mort aux imprudents qui demeureraient enfermés dans une chambre où il y aurait du charbon allumé sur un fourneau. Ne l'oubliez pas, mes enfants, ce sont de ces choses qu'il est permis de craindre ; car, pauvres petits ignorants que vous êtes, vous avez peur des ténèbres, qui ne font aucun mal, des loups, qui sont heureusement très rares; des spectres et des fantômes qui n'existent que dans vos imaginations, et vous vivez au milieu de dangers que vous ne pouvez éviter faute de les connaître. Mais, grâce à André et à son soufflet, voilà le charbon de terre allumé. Nous allons commencer la démonstration sur le gaz, écoutez-moi attentivement. Voyez-vous une petite flamme bleue qui brûle au-dessus de la houille : c'est l'air que l'action du feu chasse de la pierre, qui s'allume à son tour, et brûle tout seul. Voilà ce que l'on nomme gaz hydrogène.

ANDRÉ. Oh! non, mère, ce que j'ai vu à Paris est bien plus beau!

LA MÈRE VALENTIN. Vous avez vu le produit d'une découverte dont voici le principe. Les savants ont reconnu que certaines matières combustibles dégageaient en brûlant une grande quantité de vapeur subtile et inflammable. Après avoir constaté ce phénomène, ils en ont cherché l'utilité; telle est la marche de l'esprit humain. Un Français, nommé Lebon, eut la pensée de remplacer l'huile et le suif employés à l'éclairage par le gaz extrait de la houille. Ce procédé ayant été apprécié, on construisit de grands bâtiments nommés gazomètres. Dans ces bâtiments sont des appareils dans lesquels la houille brûle privée d'air, et laisse échapper tout ce qu'elle contient de gaz; on le recueille dans un réservoir d'où il passe dans autant de conduits de métal qu'il y a de points à éclairer. Ainsi je suppose qu'un gros tuyau mène, sous terre, une certaine quantité de gaz du gazomètre de la rue d'Enfer aux quais de la rive gauche de la Seine; à ce gros tuyau on embranche des tubes plus petits, qui fournissent de la lumière dans les maisons, sans compter que sur la route de la rue d'Enfer aux quais il s'est formé des embranchements du conduit principal avec ceux de chaque rue, et du conduit de la rue aux maisons. Ainsi le gaz est promené dans Paris par des ramifications souterraines, assez semblables aux vaisseaux que vous voyez sous la peau de mes mains, et qui portent notre sang dans toutes les parties de notre corps. L'homme invente rarement, mais en étudiant les œuvres de Dieu, il en applique l'imitation à ses œuvres à lui. Le gaz, arrivé à sa destination, monte dans les lanternes qui ont tant char-

mé André; chacune contient un champignon percé de
petits trous. A l'heure où l'on doit éclairer, on ouvre
le robinet qui retient le gaz captif dans le conduit, on
approche une mèche allumée, la flamme jaillit en une
gerbe brillante; se modérant ensuite, elle produit une
clarté vive et pure qui surpasse tous les moyens d'éclairage employés jusqu'à ce jour.

LAMBERT. Pourquoi ferme-t-on ce robinet?

LA MÈRE VALENTIN. Par la même raison que l'on
ferme celui d'une fontaine; sans cette précaution le
gaz s'échapperait sans brûler et serait perdu.

ANDRÉ. Si quelqu'un s'amusait à ouvrir le robinet, on
n'en saurait rien, puisque le gaz brûlerait sans éclairer, et l'on serait bien attrapé quand viendrait la
nuit.

LA MÈRE VALENTIN. On reconnaîtrait la présence du
gaz non allumé à l'odeur qu'il répandrait dans l'at-
mosphère; l'espièglerie que tu supposes, mon cher André, serait non-seulement coupable du tort qu'elle ferait
à l'entrepreneur d'éclairage, mais encore d'accidents
terribles. Je vous ai dit que ce luminaire était employé
dans l'intérieur des maisons aussi bien qu'à l'extérieur.
Déjà plusieurs fois le gaz s'est échappé des tuyaux qui
le menaient dans des boutiques, et plusieurs fois aussi
les locataires, alarmés par la mauvaise odeur, sont en-
trés, une lumière à la main, dans la pièce qui était remplie de vapeur; il en est résulté aussitôt une explosion
comparable à celle de la poudre à canon : les vitres et
les glaces ont été brisées, des murs ébranlés; en même
temps l'incendie a joint ses ravages à ceux causés par
la commotion. Quant aux malheureux qui, par habitude de s'éclairer pour passer d'une chambre à l'autre,

étourderie ou ignorance, ont causé ces accidents, ils ont tous été blessés plus ou moins grièvement.

JULIETTE. Comme j'aurais peur, s'il y avait de ce méchant gaz dans la maison.

LA MÈRE VALENTIN. Ce n'est pas poltronne qu'il faut être, c'est instruite et prudente.

JULIETTE. Que faut-il faire quand on sent que le gaz s'échappe?

LA MÈRE VALENTIN. Ouvrir les portes et les fenêtres pour laisser passage à l'air inflammable, et fermer ce robinet qui amène le gaz dans la maison ; mais surtout ne jamais mettre de feu en contact avec le gaz.

LAMBERT. Mais si c'est la nuit?

LA MÈRE VALENTIN. Il vaut mieux aller à tâtons dans l'obscurité que de risquer une explosion ; mais, soit de jour ou de nuit, soit que l'on puisse remédier soi-même à l'accident, ou qu'il faille demander du secours aux ouvriers du gazomètre, il faut avant tout établir un courant d'air dans les chambres exposées, et en éloigner le feu et les lumières.

JULIETTE et ANAÏS. Décidément je n'aime pas le gaz.

ANDRÉ. Je ne suis pas comme elles, et je voudrais bien qu'il y en eût à Herblay.

LA MÈRE VALENTIN. Cela viendra un jour; déjà, en Angleterre, non-seulement Londres et les principales villes des trois royaumes sont éclairées par ce procédé; mais il commence à être employé dans les bourgs des environs de la capitale et dans quelques villes de province en France. Mais quand on agira de même, il faudra vous souvenir, mon cher André, qu'on ne doit pas ouvrir les robinets des conduits à gaz, pour s'amuser, *parce qu'à ce jeu on peut faire sauter la maison.*

LE PETIT MOUSSE.

Il y avait jadis la veuve d'un contre-maître, qui habitait une petite maison dans la ville du Cap, île de Saint-Domingue. Cette île, la conquête de Christophe Colomb, ce grand navigateur qui découvrit la quatrième partie du monde, appartenait alors à la France. C'était une riche colonie; aujourd'hui c'est une république pauvre, mais indépendante. Donc, il y avait dans la ville du Cap une femme européenne, dame Ivonne; elle était coiffeuse de son métier, et les dames créoles l'employaient à cause de son adresse, et lui donnaient de bons salaires; car dans les colonies, on se faisait un point d'honneur de ne point laisser *de blancs* exposés aux privations, encore moins à la misère. Malheureusement dame Ivonne avait une mauvaise santé, et, si ses souffrances n'excitaient pas ses murmures, elles éveillaient parfois ses inquiétudes pour son fils unique, Maurice, joli enfant de dix ans.

Cependant elle avait le courage d'enfermer ses craintes dans son cœur : elle élevait son fils chrétiennement,

lui inspirant la confiance en Dieu, et l'habituait à laisser
à notre Père céleste le soin de l'avenir, sans prendre
d'autre souci que de le contenter, en vivant, autant que
possible, selon l'Évangile.

Les appréhensions de la pauvre dame Ivonne ne
tardèrent pas à se réaliser. Elle mourut le jour même
où son fils accomplissait sa dixième année.

Maurice pleura beaucoup sa mère; il ne pouvait se
faire à ne plus la trouver dans la maison. A chaque
instant il s'attendait à rencontrer son doux sourire, à
recevoir quelques-unes de ses caresses. Il regrettait
aussi ces mille petits soins qu'il avait pris l'habitude de
lui rendre pendant la dernière crise de sa maladie, et
il se trouvait tout désœuvré depuis qu'il n'était plus
retenu captif auprès de sa pauvre mère. On lui disait,
pour le consoler, que dame Ivonne était au ciel; il le
répétait, mais c'était en pleurant.

Si Maurice s'affligeait de ne plus voir sa mère, il ne
songea pas pourtant que cette mort lui enlevait son
pain. Dieu ne laisse pas les faibles à l'abandon; l'enfant
en avait le pressentiment.

En effet, plusieurs personnes charitables s'occupèrent,
à son insu, de l'avenir du pauvre orphelin; le gouver-
neur de la colonie se le fit amener. — Ton père était
marin, lui dit-il, veux-tu à ton tour monter sur les
vaisseaux du roi?

MAURICE. Oui, monseigneur, je serai bien aise de
voyager et surtout de voir la France, dont maman me
parlait toujours. Le lendemain, Maurice fut conduit à
bord de *la Syrène*, belle frégate qui allait mettre à la
voile pour se rendre dans l'Océan Indien. Maurice
avait les mains pleines de recommandations. Toutes les

belles dames que sa mère avait coiffées s'étaient fait
un plaisir de lui assurer la protection du capitaine,
comme si le roi du bord pouvait s'occuper du dernier
de ses sujets, d'un pauvre petit mousse.

Grâce à ces lettres, qu'il ne devait remettre qu'en
mains propres, Maurice fut conduit sur le gaillard d'ar-
rière, où se trouvait le marquis de Latour.

LE MARQUIS, *après avoir parcouru les lettres.* Tu
veux naviguer, mon petit ami ?

MAURICE. Oui, monseigneur, sous votre bon plaisir.

LE MARQUIS. Sais-tu que le métier de marin est rude?
On y est exposé à bien des fatigues et des privations.

MAURICE. Il n'en sera jamais que ce que le bon Dieu
voudra ; sa volonté doit être faite sur la terre comme au
ciel.

LE MARQUIS. Peste, tu es un petit saint ; M. l'abbé, que
voilà, ne dirait pas mieux.

Et le marquis indiquait de la main un ecclésiastique
qui semblait occupé à lire à l'écart.

MAURICE. Monseigneur, je dis ce que je sais, ma mère
ne m'a pas enseigné autre chose.

LE MARQUIS. Soit! mais ce n'est pas chose aimable
que de serrer un ris, ou de monter sur une vergue ;
l'on châtie rudement ici l'ignorance, aussi bien que la
désobéissance des mousses.

MAURICE. Je tâcherai d'apprendre vite ce que j'ignore, pour être châtié le moins possible ; quant à la désobéissance, j'espère ne point m'en rendre coupable.

LE MARQUIS. S'il en est ainsi, tu feras ton chemin.
Sur ce, va commencer ton apprentissage de contre-
amiral, et compte sur moi pour te rendre justice.

MAURICE. Bien obligé, monseigneur.

Le marquis. A bord, je ne suis point ton seigneur,
mais ton capitaine ; ne l'oublie pas.

Comme Maurice se retirait, l'abbé, qui n'avait pas
perdu un seul mot de son entretien, s'approcha de lui.

— N'oublie pas les leçons de ta mère, mon enfant, lui
dit-il à voix basse ; celui qui s'appuie sur la foi ne ris-
que pas de trébucher en chemin.

Ainsi qu'on l'avait prédit à Maurice, l'apprentissage
fut rude ; mais l'enfant était de si bonne volonté, que
les matelots le maltraitaient moins qu'aucun autre. Le
nom que lui avait donné le capitaine lui était resté ; on
l'appelait le Petit Saint. L'abbé aussi lui continuait sa
protection. S'il ne pouvait apprendre à Maurice à grim-
per aussi lestement à un mât que l'exigeait la précision
de la manœuvre, et lui sauver les coups de fouet, par
lesquels on stimule l'agilité des mousses, au moins lui
enseignait-il tout ce qu'il pouvait de théorie sur le respect dû aux supérieurs et les termes techniques qui font
de la langue du bord une langue particulière. Ainsi,
grâce à son nouvel ami, Maurice sut tout de suite qu'un
grelin voulait dire une corde ; *lofer,* lâcher ; *carguer,*
serrer ; et bien d'autres mots que la terrible *garcette,*
nom de la corde à nœuds qui sert de martinet, aurait
gravés sur ses épaules.

En trois semaines Maurice était devenu un petit
mousse intelligent et alerte ; tout le monde l'aimait à bord.
Lui-même s'habituait à cette vie ; on avait de la peine,
il est vrai, mais aussi on avait du plaisir. Il n'entendait
jamais sans émotion le coup de canon par lequel on sa-
luait le soleil levant : la prière, dite en commun sur le
pont, élevait sa jeune âme vers Dieu. Maurice se plaisait
aussi à considérer l'ordre qui régnait sur le vaisseau ;

l'exercice que les hommes de l'équipage faisaient chaque
jour, pour se familiariser avec le maniement des armes
à feu ; tout, jusqu'au *branle-bas* de nettoyage, était spectacle pour lui, et rehaussait son importance. Il sentait
qu'un marin n'est pas un homme comme un autre, ni un
mousse un enfant ordinaire ; puis, quand venait le soir,
quel plaisir de s'accroupir sur un tas de cordes, et d'entendre l'ancien raconter ces merveilleuses histoires de
traversées lointaines, de naufrages causés par les machi-
nations de l'esprit de ténèbres, et des miracles dus à l'in-
tercession de quelque saint !

Mais bientôt la gaîté disparut à bord de *la Syrène :*
la navigation se prolongeait au-delà du terme présumé,
les vieux loups de mer, ceux qui avaient fait plus d'une
fois le voyage des Indes, murmuraient tout bas que le
capitaine s'était trompé de route, puisqu'on n'apercevait
pas la terre. Sur ces entrefaites, l'équipage fut mis à de-
mi-ration, et, pour comble de malheurs, un calme plat
arrêta la marche de la frégate. Si cet état durait seulement huit jours, on ne pouvait manquer de ressentir
toutes les horreurs de la famine. Les matelots gardaient
un silence de sinistre augure. Les mousses pleuraient.

Il n'y a plus de vivres dans le magasin, disait à Maurice l'un de ses camarades. Qu'allons-nous devenir?
— Dieu est au ciel, répondait l'enfant religieux, sans
laisser abattre son courage par de tristes prévisions; et
soutenu, par cette pieuse confiance, il supporta patiem-
ment les privations contre lesquelles murmuraient les
hommes les plus forts.

Quand il fut bien reconnu à bord de *la Syrène* que le
Petit Saint recevait la plus petite ration de biscuit sans
témoigner ni chagrin ni inquiétude, et qu'au lieu de

s'alarmer de se trouver retenu par le calme sur l'Océan, loin de tout secours humain, il levait avec confiance les yeux vers le ciel en disant : Le Sauveur est là, il est tout puissant, ce qu'il ordonnera de nous sera bien sûr le meilleur qui nous puisse arriver ; les gens de l'équipage eurent honte de leur pusillanimité. Il était temps qu'ils s'armassent de patience, car les vivres manquèrent tout à fait ; et l'on fut deux jours à ne recevoir qu'un peu d'eau mêlée de rhum ; encore le capitaine ménageait-il soigneusement ces chétives provisions. Une fois épuisées, il fallait recommander son âme à Dieu. Il n'y avait plus rien sur le vaisseau, ni pour étancher la soif, ni pour apaiser la faim, et l'homme ne peut pas vivre sans manger et sans boire.

Le troisième jour de cette cruelle extrémité, Maurice, qui était placé en vigie au plus haut du grand mât, signala un navire à l'horizon, et tout-à-coup le vent, gonflant la voile qui pendait le long des cordages, sembla porter *la Syrène* au-devant de son libérateur. C'était un vaisseau américain : il consentit à partager ses vivres avec l'équipage en détresse. Il venait de Calcutta et se rendait à une station peu éloignée. Les nouvelles qu'il donna au commandant français le consolèrent des contre-temps qui avaient entravé son voyage. La peste avait désolé la presqu'île de l'Inde, et sans le calme qui les avait arrêtés en chemin, les Français eussent été exposés à ce terrible fléau. Cette circonstance augmenta aussi beaucoup le crédit de Maurice; le Petit Saint avait raison, disaient les matelots, Dieu sait ce qu'il fait.

Le marquis de Latour avait été si touché de l'angélique douceur de Maurice, qu'il prit la résolution d'avoir soin de cet enfant. et, pour commencer à remplir les de-

voirs d'un protecteur éclairé, il donna au Petit Saint
un maître de lecture et d'écriture pendant le temps qu'ils
étaient à terre. L'intention du marquis, en s'occupant
de l'éducation de Maurice, était de l'aider un jour de son
crédit et de sa fortune. Malheureusement pour de si
beaux projets, M. de Latour était jeune et querelleur, et
il se fit tuer dans une discussion.

La mort prématurée du marquis renversa l'édifice de
la fortune de Maurice. Le pauvre orphelin retourna en
qualité de mousse à bord de la frégate *la Syrène;* seulement le bon abbé, qui de jour en jour l'aimait davantage, se chargea de continuer gratuitement les leçons de
lecture et d'écriture.

Maurice pleura son bienfaiteur, mais comme il avait
pleuré sa mère, sans arrière-pensée d'intérêt personnel.
Un an après cet événement, la frégate mit à la voile sous
le commandement d'un nouveau capitaine. Au moment
de lever l'ancre, les matelots remarquèrent plusieurs sinistres présages qui ne tardèrent pas à se justifier. *La
Syrène* fut battue par une horrible tempête. L'équipage
entier périt en essayant de se sauver sur les chaloupes.
Maurice et le bon abbé, qui se confiant en Dieu, étaient
restés les derniers sur le bâtiment, furent seuls préser-
vés; car *la Syrène,* arrêtée entre des rochers aigus, ne
fut point engloutie.

Les deux naufragés parvinrent à gagner des rochers;
de là ils atteignirent ce qu'ils croyaient être la terre,
mais qui n'était qu'un récif de corail, s'élevant à fleur
d'eau, ainsi qu'on en rencontre beaucoup dans l'Océan
Indien. Lorsque l'abbé eut reconnu la nature du sol sur
lequel ils venaient d'aborder, il décida qu'il fallait retourner au vaisseau, afin de tirer une quantité de provi-

sions suffisantes pour les nourrir jusqu'au moment **où**
la Providence leur enverrait des secours.

Maurice faisait autant de voyages que son ami, **mais**
il ne pouvait pas encore porter des charges bien pesan-
tes; c'était donc sur le pauvre ecclésiastique que la fatigue de ce travail retombait en entier; fatigue d'autant
plus grande qu'il fallait se hâter, si l'on ne voulait pas
voir les vivres avariés par l'eau de la mer.

Le transport de si lourds fardeaux épuisa promple-
ment les forces de l'abbé; il commença à cracher le sang,
et voulut persister à assurer la subsistance de Maurice
et la sienne. Bientôt il fut obligé de s'arrêter, une hé-
morrhagie mit ses jours en danger.

Maurice, désolé de voir son ami malade, lui fit un
aussi bon lit que possible, avec des toiles à voiles pla-
cées et posées les unes sur les autres. Il vida plusieurs
caisses contenant du riz et des légumes secs ; et, quand
elles furent vides, il lui fut possible de les dresser **et**
d'en faire une muraille, dont il abrita le lit de l'abbé
contre les rayons du soleil du midi. Il alluma ensuite,
avec le feu tiré d'un briquet, des planches arrachées au
bâtiment; faisant cuire du riz dans de l'eau, il en pré-
para une boisson avec du sucre, et la fit boire au malade, tandis que lui-même prenait un frugal repas com-
posé de biscuits de mer et de viandes salées. Cela fait,
il se tint le plus près possible du lit de son ami, épiant
ses moindres mouvements, ses moindres désirs, afin de
lui éviter les occasions de parler. Maurice savait si bien
se conduire, parce que par suite de la rupture d'un
vaisseau dans la poitrine, le bon abbé se trouvait atteint
de la même maladie dont était morte la dame Ivonne.

Il sentait sa fin approcher et l'idée de laisser ce pau-

vre enfant abandonné sur ce roc le désespérait ; il n'avait
pu préserver Maurice ni de la famine, qui les avait tour-
mentés dans leur premier voyage, ni de la mort du
marquis de Latour, ni de la tempête et du naufrage qui
l'avait suivi ; et il se figurait que tout manquerait à l'enfant quand il ne veillerait plus sur son sort. Tous les
jours il l'envoyait assurer le signal de détresse hissé au
mât de *la Syrène*, qui se dressait encore au-dessus des
eaux. A chaque instant, il lui commandait d'interroger
l'immensité des flots. Maurice s'éloignait à regret et re-
venait avec la même réponse : Rien. Chaque fois qu'il
fallait passer ainsi d'un fol espoir à un découragement
complet, le malade souffrait beaucoup.

Maurice s'affligeait de cette agitation continuelle et la
trouvait déraisonnable. Leur sort était-il donc si malheureux ? Ils avaient du riz en quantité, du biscuit, de
la viande salée, un fusil, de la poudre et du plomb, avec
lesquels il tuait parfois des oiseaux ; des lignes, qui lui
servaient à pêcher. Déjà il avait pris un gros poisson
dont la chair légère et délicate avait très bien convenu
au malade. Si, au lieu de se tourmenter, l'abbé avait
voulu prendre courage, sourire à son petit garde-mala-
de et attendre, l'esprit en repos, que Dieu déroulât l'a-
venir qu'il tenait dans sa main puissante, peut-être
eût-il guéri, et Maurice se fût trouvé heureux sur un
récif de corail au milieu de l'Océan Indien.

Un matin, après une nuit où il avait été fatigué par
la fièvre, l'abbé, se trouvant plus malade, exigea de
Maurice qu'il irait de nouveau à la découverte. L'enfant
résistait ; quelque chose lui disait de ne pas quitter son
ami : mais, l'abbé insistant, il obéit. Longtemps ses
yeux parcoururent en vain la vaste étendue qui se dé-

roulait devant lui, il ne voyait que le ciel et l'eau. —
Rien, je n'aperçois rien, et il hésitait à descendre du
haut du mât pour aller répéter à l'abbé le mot cruel qui
lui faisait tant de mal. Enfin un point noir paraît à
l'horizon, Maurice reste suspendu entre la crainte et l'espérance. Le point grandit : c'est une voile, il redouble
ses signaux. Ah! bonheur! ce n'est point une illusion,
un pavillon hissé au grand mât du navire étranger annonce qu'ils ont été vus.

Maurice se précipite, il court sur le rocher, l'abbé ne
soulève pas la tête au bruit de ses pas : l'enfant approche en tremblant, son ami semble endormi ; mais sa cou-
verture trempée de sang annonce une nouvelle hé-
morrhagie. Maurice l'appelle en pleurant ; il ne semble
pas l'entendre. Cependant il murmure faiblement entre
ses dents serrées ces mots : Mon Dieu, que deviendra-
t-il? Une voile, s'écria Maurice en se précipitant sur le
corps du moribond. Un sourire imperceptible contracta
les lèvres de l'abbé, puis ses traits se détendirent : il ne
souffrait plus.

Maurice était encore immobile auprès du corps de
son ami ; la mort lui semblait bien cruelle de frapper
ainsi tour à tour les chers objets de son affection. Le sentiment de son malheur l'accablait, et il pleurait, oubliant l'univers entier, quand des bruits de pas le tirè-
rent de sa stupeur. Une chaloupe avait abordé la frégate,
un officier, debout sur la carène qui s'élevait au-dessus
des flots, dressait un procès-verbal de ce naufrage, tandis que des matelots procédaient à l'enlèvement des
objets qui n'étaient pas avariés.

— Mon officier, cria un des matelots, écrivez encore
que nous venons de trouver sur le banc de corail des ton-

nes contenant du biscuit, de la viande et de l'eau potable
un paquet de toile à voile, un vieillard mort et un enfant
de douze à treize ans. — Amenez l'enfant, répondit
l'officier sans se détourner de son inventaire ; il semblait qu'on lui eût donné une barrique de plus.

Maurice suivit son conducteur, non sans jeter des
regards de douleur vers le triste objet qu'on le forçait
à abandonner. L'officier interrogea Maurice sur ce
qu'il savait des causes du naufrage. — Ce ne sont pas là
de ces événements que l'on ne comprend qu'avec de la
raison ; aussi l'enfant n'omit-il aucun détail, il n'oublia
le nom ni la qualité de ceux qui avaient péri, et termina en demandant que les honneurs funèbres fussent
rendus à la dépouille mortelle de l'abbé.

L'officier, qui écrivait toujours, répondit par un signe
de tête affirmatif, sans interrompre son procès-verbal.
Quand il eut enfin terminé ses écritures, il se tourna
vers Maurice.

— Mon petit ami, qui es-tu ?

MAURICE. J'étais mousse à bord de *la Syrène.*

L'OFFICIER. Où as-tu été embarqué ?

MAURICE. Au Cap, île de Saint-Domingue.

L'OFFICIER. Y as-tu des parents ?

MAURICE. Non, je suis orphelin : mon père était natif
de Rochefort, et ma mère de Quimperlé, où je suis né,
deux ans avant qu'elle entreprît le voyage des Antilles
pour soigner mon père qu'une blessure retenait au
Cap.

L'OFFICIER. C'est bon, viens avec nous ; la traversée
faite, tu te trouveras presque dans ton pays.

En effet, *la Dorothée* était un bâtiment marchand de
Saint-Malo. Le navire fut désarmé aussitôt son entrée

dans ce port. Chaque matelot reçut sa paye ; le seul
Maurice n'avait droit à rien, il ne faisait pas partie de
l'équipage. Cependant l'officier qui l'avait recueilli sur
le banc de corail, ému de compassion pour le pauvre
enfant, si doux, si obéissant, qu'il lui avait continué le
sobriquet de Petit Saint, lui donna deux écus de six
livres ; et une vieille femme, qui logeait les matelots,
lui dit de venir chez elle, et.qu'elle aurait soin de lui
tant que durerait son argent.

Maurice espérait bien trouver à s'embarquer de nouveau ; mais la guerre, qui venait d'être déclarée entre
la France et l'Angleterre, arrêtait les navires marchands
dans le port de Saint-Malo. Maurice ne trouvait point
d'occupation. Le premier de ses écus de six francs étant
dépensé, et le second entamé, sa vieille hôtesse le
pressa de se rendre en mendiant à Brest, où l'on armait
un grand nombre de vaisseaux de guerre.

Maurice répondait à ces discours : Ma mère avait
horreur de la mendicité ; tant qu'il me restera de quoi
acheter un morceau de pain, je chercherai de l'ouvrage,
sans rien demander à personne. Plus tard, si Dieu le
commande, je tendrai la main. Une semaine se passa
ainsi, sans amener de meilleurs résultats ; l'hôtesse reprit l'entretien de la manière suivante :

— Il serait bien temps de prendre ton parti. Tu n'as
plus que douze sols, je t'en préviens.

Maurice. Douze sols, combien cela fera-t-il de jours,
madame?

La vieille femme. Un, peut-être deux, c'est selon la
chère.

Maurice. Nous pourrions les faire durer quatre jours,
si vous me permettiez de ne manger que du pain.

La vieille femme. Comme tu voudras, mon enfant; à ton âge, vaut mieux mendier que de pâtir.

Ce n'était pas l'avis de Maurice.

Dès le point du jour, il était sur le pont, un grand mouvement y régnait. Le gouvernement venait d'accorder des lettres de marque, et les marins de Saint-Malo montraient beaucoup d'empressement à faire partie des équipages des corsaires. Le second du capitaine de *la Dorothée*, qui avait recueilli Maurice sur le récif et lui avait donné deux écus de six livres, montait l'un des bâtiments que l'on armait en course. Le petit mousse s'adressa à lui, et le nouveau capitaine corsaire, qui ne l'avait pas oublié, lui répondit sans dureté : Mon Petit Saint, compte sur moi; mais je n'ai pas le temps de m'occuper de toi aujourd'hui, reviens demain.

Le lendemain, Maurice attendit depuis la petite pointe du jour jusqu'au coucher du soleil, et le capitaine, en quittant son bureau, lui dit encore : A demain. Cette fois Maurice eut meilleure chance. Le moment était venu d'enrôler les mousses, et Maurice fut appelé des premiers.

Le capitaine. Te voilà inscrit sur le rôle de l'équipage ; mais nous n'embarquerons que lundi. Ainsi tu as deux jours pleins pour te divertir à terre, profites-en.

Maurice pâlit en entendant ces paroles ; sa vieille hôtesse l'avait prévenu qu'elle employait ce matin même ses trois derniers sous. Fallait-il donc mendier ? mais le pain d'un jour ne pouvait-il pas en durer trois ? Cette pensée le remplit d'une si vive allégresse, qu'il ne put s'empêcher de l'achever à haute voix en disant : Je n'en suis pas mort sur *la Syrène*. Le capitaine voulut avoir l'explication de ces mots; Maurice la donna simplement. Bien, mon Petit Saint, dit le capitaine, je te reconnais là, et c'est une bonne religion que celle qui empêche de capituler avec l'honneur. Pendant ce colloque, un gros monsieur, qui feuilletait des papiers au fond du cabinet, s'approcha du grillage en dehors duquel était Maurice.

LE MONSIEUR. Je croyais que la frégate *la Syrène* avait péri corps et biens.

MAURICE. Oui, Monsieur, la frégate est encore échouée sur les récifs où elle a été jetée. Le capitaine et les hommes de l'équipage ont été noyés en cherchant à se sauver sur les chaloupes. La Providence avait permis que je fusse préservé, ainsi que l'aumônier du bord, M. l'abbé Henrion; mais il est mort dans cette île déserte, mort au moment où je lui annonçais un secours qu'il attendait avec trop d'impatience peut-être.

LE MONSIEUR. Ainsi vous restâtes seul?

MAURICE. Pas longtemps; quand on m'a conduit devant M. le capitaine ici présent, M. l'abbé venait de rendre le dernier soupir. Oh! je l'ai bien pleuré, il était si bon pour moi depuis trois ans.

LE MONSIEUR. Trois ans? Vous avez donc connu le marquis de Latour?

MAURICE. Ah oui, Monsieur. C'est à lui que je dois de savoir lire et un peu écrire.

LE MONSIEUR. Prenez garde de vous laisser aller à quelque mensonge. *La Syrène* n'a point été armée en Bretagne, mais à Toulon.

MAURICE. Elle était en relâche au Cap, lorsque j'y ai été reçu en qualité de mousse après la mort de ma mère.

Le monsieur. Trois ans, le Cap, la mort de sa mère...
Comment vous nommez-vous, mon petit ami?

Maurice. Maurice est le nom de mon patron, mon
père était Jean Maurice Le Poitevin, et ma mère Ivonne
Pascal; elle était de Quimperlé : je les ai perdus tous
les deux au Cap Français, mon père des suites d'une
blessure, quand j'étais encore tout petit, ma mère d'un
crachement de sang, il y a seulement trois ans. Aussi
je me souviens de ma mère; quand j'ai trop de chagrin,
je ferme les yeux : il me semble que je la vois se pen-
cher vers moi pour me consoler; mon père, j'y pense
aussi; mais je ne sais pas si la figure que je rêve est
véritablement la sienne.

Le monsieur. Ivonne Pascal ne t'a jamais parlé de
son frère Ambroise?

Maurice. Si fait, Monsieur, elle m'a dit de ne point
compter sur lui.

Le monsieur. Et pourquoi cela, s'il vous plaît?

Maurice. Parce qu'il est dur et avare comme tous les
parvenus.

Le monsieur, *ôtant son chapeau.* Bien obligé, ma
très honorée sœur.

Maurice et le capitaine corsaire ne purent retenir une
exclamation de surprise.

Monsieur Pascal. Eh bien! oui, je suis Ambroise
Pascal, vous le savez bien, capitaine, vous avez vu ma
signature assez souvent depuis que je suis armateur.
Quant à vous, mon petit neveu, que l'on a élevé dans
une si bonne opinion de mon caractère, apprenez que
depuis que j'ai connaissance de la mort de ma sœur, je
vous cherche pour prendre soin de vous.

— Capitaine, rayez le nom de Maurice Le Poitevin de

votre contrôle; s'il n'avait été qu'un enfant ordinaire, il serait toujours mon neveu, et j'aurais assuré sa subsistance; il a du courage et de l'honneur, je l'adopte pour mon fils, et j'en ferai un gros monsieur, je vous assure.

Le soir même du jour où la fortune de Maurice avait changé si miraculeusement, l'enfant et son oncle prenaient congé de la vieille hôtesse.

— Eh bien! ma bonne dame, disait Maurice, avais-je donc si grand tort d'attendre avant de mendier? nous avons du pain de reste, dont vos lapins vont faire bombance.

LA VIEILLE. C'est bon, mon Petit Saint, cela vous a réussi une fois, mais je ne vous conseille pas moins plus de prévoyance à l'avenir.

MAURICE. Désespérer n'est pas prévoir; chaque jour suffit à *sa peine, et demain appartient à Dieu.*

LE PETIT GARÇON

ET LE PETIT CHIEN.

Maurice était un jeune enfant gâté : Zozo était un vieux chien bien plus gâté encore. Les deux mauvaise éducations n'étaient pas l'œuvre de la même personne. Madame de Ciraisie, mère de Maurice, habitait le premier étage d'une maison de Paris. Zozo et la vieille madame de Monclar, sa maîtresse, occupaient le second. Or il arriva que M. et madame de Ciraisie furent obligés d'entreprendre un long voyage pour une affaire importante. Il fallait courir la poste sans s'arrêter, impossible de s'embarrasser d'un enfant ; mais que faire de Maurice ? le mettre en pension ! Pauvre petit, il s'y trouvera malheureux ; et la tendre mère pleurait en pensant que son fils éprouverait de l'ennui, de la contrariété. — Je déteste les pensions, disait-elle, espérant voiler sa faiblesse sous l'apparence d'un système particulier d'éducation ; les enfants ne s'y corrigent d'aucun défaut, et prennent bien souvent ceux de leurs camarades. Cependant on ne pouvait pas emmener Maurice; et madame de Ciraisie n'avait point à Paris de proches parents à qui le confier.

Madame de Monclar, voyant l'embarras où se trouvait sa voisine, offrit de garder le petit garçon; elle ne se dissimulait pas que la présence de Maurice allait troubler l'ordre et le silence de sa maison; mais il se faut entr'aider, c'est la loi de la nature et l'ordre de Dieu.

Cette offre fut acceptée avec de grands transports de reconnaissance. Le jour où le papa et la maman de Maurice partaient par la malle-poste, on monta du premier au second le petit lit de l'enfant, ses hardes, ses joujoux; puis on songea à disposer l'enfant à une inévitable séparation.

MADAME DE CIRAISIE. Adieu, Maurice, tu seras bien sage?

MAURICE. Oui, pourquoi que tu ne m'emmènes pas?

MADAME DE CIRAISIE. Tu serais mal dans la malle-poste, tu ne pourrais pas jouer, et figure-toi qu'il y a là un vilain homme bien méchant qui empêche les enfants de parler. (*A part à Madame de Monclar.*) Il faut bien le consoler un peu, il est si sensible! Embrasse ton papa, mon amour.

Maurice, quittant les genoux de sa mère, s'approcha de M. de Ciraisie, auquel il tendit sa joue d'un air indifférent; mais au moment de recevoir le baiser d'adieu, il tourna la tête si brusquement que son père n'embrassa que ses cheveux; il venait de voir Zozo sauter sur un petit fauteuil qui était à lui. Maurice, se dégageant avec impatience des bras qui le retenaient, courut au chien pour le chasser. Zozo était volontaire, aussi il résista en montrant les dents.

Madame de Ciraisie. Mon Dieu, il va le mordre.

Madame de Monclar. N'ayez pas de crainte, Zozo est très doux. Allons, monsieur, descendez de là, ce n'est pas à vous ce fauteuil.

Cette réprimande, accompagnée d'un léger coup de mouchoir, fit peu d'impression sur Zozo, et le vieux chien manifesta sa volonté de garder le siége usurpé, en se couchant tout en rond, mouvement qu'il accompagna d'un grognement sourd et de regards défiants, dirigés sur Maurice.

Le petit garçon, trépignant de rage, se mit à secouer le fauteuil, en criant comme un démon. Madame de Monclar riait de l'obstination de son chien, M. de Ciraisie de l'emportement de son fils ; quant à madame de Ciraisie, outrée contre Zozo qui résistait à Maurice et le mettait en colère, elle se leva, prit le chien et le posa vivement à terre. Alors l'enfant triomphant s'assit dans son fauteuil, s'y carrant, s'y cramponnant et remuant les jambes pour écarter l'épagneul, qui semblait prétendre le prendre d'assaut. C'en était fait, la guerre était déclarée entre eux. Pendant cette lutte, monsieur et madame de Ciraisie partirent sans que leur fils prît seulement garde à eux.

— C'est bien heureux qu'il soit ainsi occupé, disait la pauvre mère en descendant l'escalier ; il aurait tant pleuré, pauvre petit !

Elle ne savait pas que les enfants gâtés n'aiment qu'eux, et que les parents qui se font leurs esclaves ne leur tiennent pas plus au cœur que les domestiques qu'ils oppriment, ou les jouets qu'ils brisent.

Le premier sentiment que l'on éteint chez un enfant en le flattant sans cesse, c'est l'amour ; on le rend ingrat à force de tendresse, et, ne voyant que lui au monde on l'habitue à s'y croire tout seul.

Tel était Maurice. Madame de Monclar ne tarda pas à s'en apercevoir ; mais il ne lui était pas permis de blâmer la mère qui gâtait son enfant, quand elle avait la même faiblesse pour son chien ; quand valets, amis, parents devaient avoir des complaisances pour ce cher animal. Elle était même très exigeante sur ce point, et voyait de mauvais œil quiconque s'annonçait comme n'aimant pas les animaux. Zozo, de son côté, subissait la fâcheuse influence de l'adulation ; au lieu d'être ce que sont naturellement les chiens, caressant, docile, intelligent, il était devenu, grâce à la sottise de sa maîtresse, stupide, hargneux, despote. Son excessif embonpoint ajoutait encore à sa mauvaise humeur. Il était lourd, n'avait pas d'appétit ; la crainte de le perdre l'avait fait condamner à la prison. Madame de Monclar se serait trouvée mal si Zozo avait descendu l'escalier sans être tenu en lesse. Il n'était donc pas étonnant que Zozo, contrarié dans ses instincts de bête, fût devenu morose, on peut même dire misanthrope. Les visites qui venaient chez sa maîtresse excitaient son courroux. Il le manifestait par des aboiements aussi furieux que sa voix faible pouvait le lui permettre, suivis d'un grognement sourd, tant que l'étranger était dans l'appartement. L'établissement de Maurice chez madame de Monclar ne pouvait manquer d'aigrir la bile du vieux favori. Ainsi qu'on l'a déjà déjà vu, dès le premier jour ils se prirent de querelle, et les hostilités se renouvelaient à chaque instant, sans danger, il est vrai, grâce à des circonstances indépendantes de leur volonté. Si Zozo n'eût suivi que son penchant, il aurait mordu le petit garçon ; mais il n'avait plus de dents.

Si Maurice n'avait écouté que sa colère, il aurait battu le chien ; mais sa mère prenait tant de soins de lui épargner la plus petite égratignure, elle faisait un tel état du mal qui pouvait lui arriver, qu'elle l'avait rendu poltron. Dans le premier moment, tout plein de la confiance naturelle aux enfants gâtés, il avait été dénoncer Zozo, ne doutant pas qu'il ne dût être sévèrement puni de ses insolences : à sa grande surprise, madame de Monclar donna raison à son chien.

De son côté, Zozo exprima son mécontentement par ses allures accoutumées. Sa maîtresse, qui n'était pas libre de chasser l'importun, ne parut pas les remarquer, et l'inimitié des deux rivaux s'accrut de leurs désappointements réciproques.

Maurice était cependant le moins lésé ; le matin, il allait se promener aux Tuileries avec sa bonne et ; le soir, une petite voisine bien douce, bien complaisante, parce qu'elle était bien élevée, venait jouer avec lui. Aussi Zozo, prenant le chagrin plus à cœur, refusa tout-à-coup la nourriture qu'on lui présentait. Les exemples d'un pareil excès de jalousie ne sont pas rares chez les animaux choyés et repus outre mesure.

Ce fut bien en vain que l'on essaya d'ébranler l'obstination de Zozo, en lui offrant de la volaille, du gibier rôti, des poissons délicats. Le sucre, les gimblettes, les biscuits n'eurent pas plus de succès. Zozo pouvait vivre quelque temps de sa graisse, madame de Monclar ne le croyait pas. Sa tendresse inquiète lui suggéra un stratagème qui réussit parfaitement.

La jalousie du vieux chien contre Maurice était, à n'en pouvoir douter, la cause de l'abstinence volontaire de l'animal. Rien de mieux pour la faire cesser, que de paraître enlever à son ennemi les friandises qu'on lui offrait. En conséquence, au dessert, madame de Monclar arracha des mains de Maurice un bonbon qu'elle présenta à Zozo; le chien, dupe de la ruse, se jeta dessus et le dévora avec avidité; mais l'enfant prit très mal la plaisanterie. En vain voulut-on lui faire comprendre que ce n'était qu'un jeu, en mettant sur son assiette trois fois autant de sucreries qu'en avait mangées Zozo : il criait comme si on l'eût écorché ; et s'il eût été plus brave, il se serait jeté sur le chien pour reprendre son macaron. De cet instant, l'inimitié de Maurice devint de la haine, à laquelle sa lâcheté donna un caractère traître et méchant tout-à-fait vilain. Ce mauvais sentiment prit d'autant plus de force au cœur de Maurice, que madame de Monclar, persévérant dans l'expédient qui devait réveiller l'appétit de son chien, faisait placer sur l'assiette de Maurice les mets délicats destinés à Zozo, qu'elle lui enlevait ensuite en disant d'une voix criarde : « Ce n'est pas pour vous, monsieur, c'est pour Zozo, » joignant au discours la pantomime d'un petit coup bien léger sur les doigts de l'enfant : et le chien, satisfait du dépit de son ennemi, mangeait par bravade plus que par besoin.

Mais quelle humiliation pour un petit garçon hautain et despote, enfant gâté devant qui tout avait plié jusqu'alors, d'être sacrifié à un vilain chien ! Cette pensée donnait à Maurice d'irrésistibles désirs de vengeance ; l'occasion de les satisfaire ne se présenta que trop tôt.

Les croisées de l'appartement de madame de Monclar n'étaient distantes du plancher que d'un pied et demi à peu près ; Zozo avait l'habitude de prendre l'air sur le rebord extérieur : on y avait placé des petits coussins exprès pour qu'il pût prendre ce plaisir sans fatigue. Un matin donc qu'assis sur sa queue, il renâclait au soleil, Maurice entre dans la chambre de madame de Monclar; elle n'y est pas, il est seul avec son ennemi, qui lui tourne le dos; il s'avance en tapinois, allonge la main, pousse brusquement Zozo.

La pauvre vieux chien, qui ne s'attendait à rien moins, perd l'équilibre, et, queue par-dessus tête, va tomber sur les pavés de la cour.

Maurice se précipite à la fenêtre, pour jouir de sa vengeance. Zozo est étendu, le museau sanglant, les pattes agitées de convulsions; l'enfant, épouvanté à la vue du mal qu'il a fait, court se cacher sous le tapis de la table. Les frissons qui parcourent son corps, la sueur froide qui inonde son front lui révèlent qu'il est un assassin. Il voudrait se cacher au monde entier, et une voix inconnue lui crie au fond du cœur qu'il ne peut éviter la présence de Dieu, et que Dieu a dit à l'homme : Tu ne tueras pas. Maurice aurait voulu surtout fuir la vue de sa victime; mais dans sa petite cachette sombre, les yeux fermés, il voit encore Zozo se débattant sur le pavé; il tremble comme un criminel qu'il est. S'il osait pleurer, appeler, il demanderait à être délivré de cette vision; mais il sent bien en lui-même que c'est là la justice divine à laquelle on ne se soustrait pas. Maurice, à cinq ans, n'aurait pas expliqué ces choses; mais elles étaient dans son cœur, et le retenaient caché sous la table.

Cependant Zozo n'était pas mort; une jardinière, remplie de fleurs au premier étage, une pile de linge placée près de la pompe au rez-de-chaussée, avaient amorti sa chute; il en sera quitte pour une cuisse cas-

sée, s'il n'y a pas de lésion intérieure, dit M. André, l'Es-
culape des quadrupèdes, que madame de Monclar a envoyé chercher sur-le-champ.

On attribuait la chute de Zozo à un étourdissement.
Tout le monde était occupé du blessé; personne ne son-
geait à Maurice. Après une heure d'angoisses, le petit
garçon osa revoir le jour : on ne le poursuivait pas, on
ne le montrait pas au doigt, mais il était bien mal à son
aise; il savait, lui, ce qu'il avait fait. Sa tristesse, sa
pâleur donnèrent à madame de Monclar une idée favo-
rable de son bon cœur; elle le prit sur ses genoux, le
caressa, chercha à l'égayer, avec une tendresse, une
sollicitude qu'elle ne lui avait pas encore témoignées.
Alors les remords de Maurice prirent un nouveau caractère. Il avait fait volontairement du chagrin à cette
bonne dame. Elle l'embrasse, elle l'appelle son mignon,
son amour, lui qui a jeté son cher Zozo par la fenêtre;
et Maurice, passant son bras autour du cou de madame
de Monclar, pleure amèrement en expiation de son
crime, sans pourtant oser le confesser, tant il lui faisait
horreur.

Le soir, madame de Monclar envoya chercher Blanche, la petite amie de Maurice, afin de le distraire, car
il n'avait fait que pleurer toute la journée, sans vouloir
ni jouer ni manger.

MAURICE. As-tu envie de jouer?

BLANCHE, *gravement*. Non, ne jouons pas.

MAURICE. Pourquoi?

BLANCHE. C'est toi qui as poussé Zozo, je t'ai vu.

MAURICE. Est-ce possible? si tu le disais, est-ce qu'on
me mettrait en prison?

BLANCHE. Je ne sais pas, mais c'est bien mal ce que tu

as fait là, et si tu avais envie de jouer, tu serais un sans-
cœur, maman l'a dit.

MAURICE, *après un instant de silence.* L'as-tu vu,
Blanche?

BLANCHE. Oui, il est gisant sur son petit lit.

MAURICE. Je n'ose pas y aller, moi.

BLANCHE. Je crois bien ; cependant...

MAURICE Cependant, quoi?

BLANCHE. Il me semble que si tu pouvais le soulager,
tu te pardonnerais de lui avoir fait mal.

Maurice regarda un instant sa petite amie; son esprit
ne comprenait pas, mais le sentiment de la seule expiation véritable étant parvenu jusqu'à son cœur, il répondit : Peut-être bien, mais je n'oserai pas.

BLANCHE. Essayons.

Et tous deux, tremblant comme la feuille, entrèrent
dans le cabinet où gisait Zozo. Le docteur avait recommandé de mouiller d'eau-de-vie camphrée les appareils
posés sur les blessures du malade. La femme chargée
de ce soin l'avait négligé. Blanche le reconnut à la
sécheresse du linge ; elle indiqua à Maurice ce petit service à rendre à Zozo. L'enfant s'avança : c'était un acte
héroïque qu'il faisait là ; son cœur battait à l'étouffer ;
ce qu'il craignait instinctivement arriva : le chien, ra-
nimé par l'approche du coupable, retrouva assez d'éner-
gie pour faire sa plus laide et sa plus menaçante gri-
mace. Maurice épouvanté se retira derrière Blanche;
la petite fille secoua la tête d'un air triste, et rendit à
Zozo le service qu'il ne voulait pas recevoir de Maurice.

Cependant elle ne se découragea pas. Sa mère, con-
sultée par elle, lui dit qu'elle avait réellement trouvé **le**

seul moyen de rendre à Maurice la paix de sa conscience.
Le petit garçon, encouragé, soutenu, excité par elle,
tournait sans cesse autour du lit du chien malade, épiant
les petits services qu'il pouvait rendre. Déjà cette dis-
position avait rendu sa position plus tolérable; il n'avait
plus cette horreur de lui-même qu'il avait éprouvée
dans le premier moment de son crime; il pouvait voir
Zozo, sinon sans chagrin, du moins sans terreur. Depuis que le désir de réparer son crime avait purifié son
cœur, il ne lui manquait plus que d'être réconcilié
avec Zozo; il y travaillait, mais le vieux chien résistait, quoiqu'il se fût sensiblement adouci depuis les premiers jours.

Enfin, un matin, Zozo, qui n'avait plus de fièvre,
éprouva les premiers tiraillements de la faim. En voyant
déjeuner Maurice, ses yeux brillèrent, sa langue se
promena sur ses lèvres en signe de convoitise. Maurice
entendit cet appel, il demanda un échaudé à madame
de Monclar, l'émietta dans son lait sucré, et prenant sa
tasse, il la porta devant Zozo. Le malade avait encore
de la peine à se soulever ; Maurice prit un morceau
d'échaudé, et le présenta à la gueule du chien, qui ne
gronda pas et mangea. L'enfant devint tout tremblant
de plaisir, et continua à offrir délicatement l'échaudé
trempé. Ce repas ayant rendu un peu de force à Zozo, il
se leva sur ses pattes de devant, et lécha ce qui restait
de lait sucré dans la tasse que Maurice lui tenait complaisamment à la hauteur de sa gueule. Touché de tant
de soins, Zozo renonça enfin à tout ressentiment; il re-
mercia en fétant de la queue, et léchant la main cruelle
qui l'avait poussé dans la cour.

— Il m'a pardonné! s'écria Maurice dans un transport

de joie qui tenait vraiment du délire, il m'a pardonné!

Et l'enfant, fondant en larmes, se jeta dans les bras de madame de Monclar, en lui racontant son crime et son expiation. La vieille dame émue serrait Maurice dans ses bras; elle baisait ses cheveux, son front, ses yeux; elle pleurait aussi, ne sachant qui elle devait plaindre le plus, du chien ou de l'enfant, mais à coup sûr aimant beaucoup mieux le dernier.

Madame de Ciraisie revint de son voyage; elle gâta son fils comme par le passé, jusqu'au moment où M. de Ciraisie, prenant pour le savoir de Maurice des inquiétudes qu'il n'avait pas eues pour son caractère, prit la résolution de le mettre au collége. C'était là une grande épreuve pour un enfant gâté. Etre ange chez sa mère, et goujat dans les classes; passer de l'indulgence la plus aveugle aux pensums; d'une adulation constante aux moqueries et aux turlupinades des camarades! Heureusement pour Maurice, ce qu'il avait éprouvé et souffert pendant la maladie de Zozo devait le préserver à jamais de l'envie, de la haine et de la colère. D'ailleurs il voyait toujours Blanche, et la douce influence de la bonne petite fille aida encore à le garantir de tout mauvais sentiment.

Avec le temps, Maurice, qui ne manquait pas d'intelligence, devint un des meilleurs élèves du collége de Henri IV. Zozo mourut de vieillesse, et madame de Monclar, qui n'avait ni enfant, ni proche parent, laissa au jeune Ciraisie la plus grande partie de sa fortune. Elle n'avait oublié ni l'énorme forfait dont Maurice, petit enfant, s'était rendu coupable, ni sa touchante expiation.

IL NE FAUT JAMAIS MENTIR.

Il y a un plus d'un siècle, en 1752, vivait dans la
ville de Côme un peintre assez médiocre nommé Kauffmann. Son nom ne serait jamais parvenu à la postérité
s'il n'avait eu une fille. Angélica était un enfant prodi-
gieux. A onze ans elle dessinait assez bien pour que ses
ouvrages fussent recherchés, non-seulement à cause
de l'âge de l'artiste, mais aussi pour leur propre
mérite Enfin la vogue d'Angélica devint telle que le
préfet de Côme eut l'intention de faire faire son portrait au pastel par cette jeune artiste.

Une commande aussi honorable répandit une grande
joie dans la famille Kauffmann ; c'était un commencement de la fortune qu le père et la mèr devraient un
jour à leur précieux enfant. Monsieur   madame Kauffmann n'avaient pas de domestique : la mère s'occupait
du ménage, pendant que le père et la fille travaillaient
dans leur atelier ; mais pour recevoir M le préfet, il

fallait au mons un petit laquais ; il n'eût pas été conve-
nable que ce fût le père d'Angélica qui eût gardé les
manteaux, donné des siéges, préparé le chevalet de sa
fille ; lui aussi était artiste, et s'il ne se faisait pas prier
pour reconnaître la supériorité du talent de sa fille sur
le sien, il n'entendait pas, lui, sacrifier sa dignité per-
sonnelle. Il fut donc convenu que M. Kauffmann rece-
vrait les illustres modèles d'Angélica, la palette à la
main, comme fait tout artiste peintre, préoccupé de son
art, et non dans l'humble attitude d'un serviteur.

Ce point important étant débattu en famille, Angélica
fut appelée à donner son avis. — Si nous prenions à
notre service le petit Paolo, il n'a plus de père, sa mère
est bien pauvre, et ils sont sept enfants. — Oui, répondit
madame Kauffmann, mais Paolo est menteur.

ANGÉLICA. Oh ! non, maman.

MADAME KAUFFMANN. Si fait, s'il arrive quelque malheur aux ustensiles du ménage, jamais sa mère ne peut
savoir à qui la faute, et c'est toujours Paolo qui porte la
parole pour lui déguiser la vérité ; il aime aussi à créer
des fables. L'autre soir, cet enfant rentra tard ; on l'interrogea sur la cause de son absence : il a été retenu, dit-
il, par un grand attroupement devant le portail de l'é-
glise cathédrale. C'étaient des muletiers qui s'étaient
pris de querelle au sujet d'Anglais que chacun prétendait conduire à Milan. Des injures l'on était venu aux
coups. Les gens de police avaient tenté de mettre le
holà, ils avaient été maltraités. Enfin la garde étant
venue s'interposer entre les combattants, il y avait eu
de part et d'autre plusieurs personnes tuées ou blessées
jusque dans l'église. Une femme présente à ce récit,
et dont le père est bedeau, court à la cathédrale. Le

plus grand calme règne sur la place et dans l'église ;
elle s'adresse aux passants, aux voisins, on ne sait ce
qu'elle veut dire. Tout ce combat était une invention
de Paolo, qui s'était amusé à jouer à la fossette, au lieu
de rentrer de suite chez sa mère.

M. Kauffmann. Bon ! il n'y a pas là grand mal. Paolo
a l'imagination précoce ; romancier à douze ans, quel
excellent laquais pour une artiste de onze !

Madame Kauffmann. Je le souhaite.

Angélica. Ah ! oui, maman, ils sont si pauvres ! Paolo
m'a dit qu'il ferait tout au monde pour cesser d'être à
charge à sa mère, et je sais que bien souvent, quand on
l'accuse de perdre son temps à jouer à la fossette, il
l'emploie à chercher de l'ouvrage.

Madame Kauffmann. Il le dit, mais il est si menteur.

Angélica. Essayons, peut-être la reconnaissance le
changera-t-elle ?

En effet, Paolo promit monts et merveilles ; il ne devait plus trahir la vérité. Bientôt pourtant, le naturel
l'emportant sur les bonnes dispositions, ce furent chaque
jour de la part de Paolo de nouveaux contes, qui indi-
gnaient madame Kauffmann et divertissaient fort son
mari.

On était aux jours les plus chauds d'un été brûla :
l'atelier où travaillaient Angélica et son père c   ait
le comble d'un palais sur la place de l'Évêché. Le j ur,
des toiles vertes, tendues aux deux tiers des fenêtres, ne
laissaient pénétrer la lumière que d'en haut, ainsi qu'il
convient pour peindre ; mais la nuit on ouvrait tout,
afin de rafraîchir un peu cette pièce. La distance où
l'on était du sol de la place, et l'étroite corniche qui régnait le long des croisées ne donnaient aucune chance

aux voleurs. Paolo devait chaque matin préparer l'atelier, c'était son premier ouvrage, car les artistes étaient
matineux, Angélica surtout. Non-seulement elle avait
du talent dans un âge où d'ordinaire on est capable de
peu, mais, chose plus rare encore, elle était laborieuse à
onze ans.

Un matin donc, s'étant éveillée avec le jour, et se sentant en bonnes dispositions pour travailler, elle monta
à l'atelier. Personne n'y était entré ; du moins le désordre de la veille y régnait encore. Quelle fut donc la surprise d'Angélica, en trouvant sa boîte aux crayons ou-
verte, tous ses pastels bouleversés et plusieurs traits
rouges tracés au hasard tout au travers de son beau
portrait.

Angélica demeura confondue devant son ouvrage ainsi
maltraité. Les larmes lui venaient aux yeux en considé-
rant les outrages dont il avait été l'objet. Elle était placée à la même place, lorsque la porte s'ouvrit, et Paolo
entra un balai à la main et son torchon sous le bras. Il
venait nettoyer l'atelier.

— Paolo, dit Angélica en donnant à sa mine enfan-
tine la gravité de celle d'un juge, Paolo, vous êtes déjà
entré ici ce matin ?

Paolo. Non, signora.

Angélica. Qui donc a bouleversé mes crayons et gâté
mon portrait ?

Paolo. Ah ! ce n'est pas moi, signora, je vous jure.

A ces mots Angélica fondit en larmes.

Angélica. Ne mentez pas, Paolo.

Paolo. Je ne mens plus, vous le savez bien.

Angélica. Comment donc appelez-vous ce conte que
vous fîtes hier de deux chiens enragés que vous préten-

5

diez avoir vu se dévorer, de façon qu'il ne restait plus
que les deux queues qui se menaçaient encore.

Paolo. C'était une plaisanterie. Croyez-vous donc que
je voudrais vous faire de la peine, à vous, si bonne?

Angélica secoua la tête; elle n'était point persuadée
de la sincérité de Paolo; mais quand il vit qu'elle ne le
croyait pas, il se montra si désolé, il témoigna tant de
crainte que madame Kauffmann, l'accusant aussi d'un
malheur dont il était innocent, ne le renvoyât chez sa
mère, que la jeune artiste, surmontant son courroux,
promit de ne parler à personne de ce qui était arrivé.

Le pastel est une sorte de crayon de couleur, très tendre, et qui s'efface facilement. Angélica prit un linge
blanc, et, à force d'adresse et de patience, elle fit dispa-
raître les traits rouges jetés tout au travers de sa peinture, ensuite elle retoucha les endroits endommagés. La
contrariété qu'elle avait éprouvée, jointe au désir de
soustraire Paolo au châtiment qu'il lui semblait méri-
ter, lui donnèrent une verve si extraordinaire, que le
portrait du préfet acquit au lieu de perdre à cette res-
tauration; si bien que M. Kauffmann, voyant ce chef-
d'œuvre créé par le crayon d'un enfant, se fût prosterné
devant sa fille, s'il n'eût craint de compromettre par
cette action sa dignité paternelle.

Le préfet donna encore deux séances. Angélica demanda le reste de la semaine pour terminer les ajus-
tements, et la livraison du portrait fut convenue pour
le dimanche; mais avant de le recevoir, le magistrat
devait venir, accompagné d'artistes et d'amateurs, admirer encore une fois dans l'atelier ce chef-d'œuvre
d'Angélica Kauffmann.

Le zèle de l'enfant ne se ralentit pas; le portrait fut

terminé le samedi soir. C'était vraiment un ouvrage singulièrement remarquable. Le père et la mère étaient en extase devant ce tableau. Angélica seule n'était pas parfaitement contente ; elle découvrait vingt défauts où ses parents ne voyaient que des perfections, et déjà elle concevait l'espoir que ce portrait, tant admiré, serait un jour le moins bon de ses ouvrages.

Angélica avait prodigieusement travaillé pendant huit jours. Sa mère tremblait que tant d'application n'altérât enfin sa santé. On était au samedi soir ; elle offrit d'aller coucher chez un ami, dont la maison de campagne n'était qu'à une petite lieue de Côme, et de ne revenir le dimanche qu'après vêpres, au moment de recevoir le préfet. Cette partie acceptée fut exécutée en tout point. On partit à pied ; c'était de l'air et du mouvement que l'on allait chercher à la campagne. Le lendemain, on reprit de même la route de la ville, mais l'on s'était un peu attardé chez ses amis. La chaleur était grande, on marcha moins vite, et quand on arriva on n'avait plus que le temps nécessaire pour changer de vêtements avant l'arrivée de ce monsieur.

Angélica, son père et sa mère reçurent M. Nevroni à la descente de son carrosse. Plusieurs peintres en renom et des amateurs distingués l'accompagnaient. Tous ensemble montèrent à l'atelier. Angélica les précédait : son pauvre petit cœur battait bien fort en ouvrant la porte de ce sanctuaire où personne n'avait dû entrer depuis la veille. Aussitôt que la porte eut tourné sur ses gonds, elle s'aperçoit que le voile qui couvrait son tableau a été enlevé : troublée, hors d'elle-même, elle oublie qu'elle doit faire à ses illustres visiteurs les honneurs de son atelier; elle passe la première, s'élance, arrive près du portrait.

Cette fois les crayons étaient serrés, on ne les avait pas employés à cette œuvre de destruction ; mais un doigt perfide, promené sur la peinture, a confondu tous les traits.

Le premier cri d'Angélica accuse Paolo : on s'empresse, on l'entoure, on l'interroge ; elle confesse comment déjà une fois elle a été obligée de recommencer le portrait, et comment, par pitié pour le coupable, elle a gardé le silence sur cet événement; mais aujourd'hui le désespoir l'a trahie, et, oubliant toute pitié, elle a nommé Paolo. En effet, nul autre que lui n'a pu entrer dans l'atelier depuis la veille au soir. L'enfant est mandé ; il nie, avec assurance, être venu dans l'atelier après le départ de ses maîtres. Kauffmann, hors de lui, le traîne devant le portrait. Qui donc a effacé ce pastel? lui dit-il d'une voix tonnante. —Ce n'est pas moi, répond Paolo en pleurant.

Madame Kauffmann. S'il n'était pas un menteur fieffé, ses larmes toucheraient ; malheureusement il n'a dit un mot vrai de sa vie ; et là-dessus la bonne dame, qui aimait à parler, se mit à rapporter une longue série de mensonges de Paolo.

—Mais, s'écria l'enfant dont les sanglots redoublaient, cela ne dit pas que je sois capable de manquer à ce point de reconnaissance envers vous, envers la jeune signora qui vous a suppliée de me tirer de la misère.

— Comment oses-tu parler de reconnaissance envers les hommes, quand tu ne crains pas d'en manquer vis-à-vis de Dieu, en te livrant journellement à un péché qu'il a en abomination.

A cette apostrophe du préfet, Paolo confondu se retire, baissant la tête. Cependant il murmurait encore : Ce n'est pas moi. Et ceux qui l'entendaient haussaient les épaules, disant : Quel impudent menteur !

Angélica, malgré son chagrin, aurait bien voulu le justifier; mais que dire en sa faveur, lorsque tout déposait contre lui, lorsqu'il avait seul une seconde clef de l'atelier, clef qu'il prétendait n'avoir pas quitté sa poche. « Messieurs, reprit M. Nevroni, s'il s'agissait d'un honnête garçon, je dirais : Méfions-nous des apparences, si contraires qu'elles soient. Il n'en est pas ainsi : Paolo est habitué au mensonge; mon avis est qu'il soit chassé.

— Cette punition ne vous semble-t-elle pas bien douce pour un tel crime, monseigneur? s'écria un peintre. — Détruire un si beau portrait, ajouta Kauffmann qui se promenait en s'arrachant les cheveux. — Et le détruire méchamment, à dessein de nuire, dit un amateur, homme de loi. — Alors ce ne fut plus qu'un concert d'imprécations, de menaces : le carcan, la prison, les bagnes. — Grâce, pitié, monseigneur, s'écrièrent à la fois Paolo et Angélica, en tombant aux pieds du préfet.

Angélica. Je referai une troisième fois votre portrait monseigneur.

Paolo. Je vous parle comme à Dieu, monseigneur, je suis innocent.

M. Nevroni. Ne blasphêmez pas, malheureux.

En cet instant une figure noire et deux longues mains s'avancèrent avec une sorte d'hésitation le long de l'embrasure de la croisée. Cet étrange visiteur, qui marchait à soixante pieds d'élévation sur une corniche large de six pouces, paraissait contrarié de trouver si nombreuse compagnie.

ANGÉLICA. Zango, le singe de notre voisin qui a rompu sa chaîne, c'est lui qui est le coupable ; et saisissant la patte du singe, elle l'attire dans l'atelier, élevant en l'air ses cinq doigts encore tout barbouillés de pastels de différentes nuances. La preuve était irrécusable, et Zango fut condamné tout d'une voix à être fouetté d'importance, d'autant plus qu'il était en récidive.

— Vous voyez bien que je n'ai pas touché au portrait, s'écria Paolo d'un ton triomphant. — Vous voyez bien qu'il ne faut jamais mentir, lui repartit le préfet, car on ne croit plus un menteur, alors même qu'il dit la vérité.

Angélica Kauffmann se remit courageusement à l'ouvrage, pensant au fond du cœur qu'elle ferait peut-être mieux cette troisième fois qu'elle n'avait fait les deux premières ; avec tant de persévérance et de facilité, elle ne pouvait manquer d'être un peintre célèbre. Ses tableaux sont encore fort recherchés de nos jours, et parmi eux on cite avec éloge le portrait de monsieur Nevroni, préfet de Côme.

Ainsi que vous pouvez le croire, mes petits amis, Paolo ne fit plus aucun mensonge, même pour s'amuser : mettant à profit l'imagination et l'esprit qu'il dépensait à inventer des fables absurdes, il étudia et devint, avec le temps, un légiste très distingué.

LE MAITRE D'ÉCOLE

LE POMMIER.

Tout le monde a connu à Chatou un maître d'école qui avait une grande maison, beaucoup d'élèves, mais un très petit jardin, et, dans ce jardin, un seul pommier très touffu, dont les branches inclinées vers la terre se chargeaient chaque printemps de fleurs, qui se nouaient et devenaient des fruits ; et ces fruits promettaient d'être gros, colorés, parfumés. Mais, hélas! ils ne parvenaient pas à leur maturité. Les écoliers, sans raison et sans prévoyance, abattaient les pommes vertes, bien avant qu'elles fussent mangeables. Pourquoi, direz-vous, n'attendaient-ils pas qu'elles fussent bonnes ? Je vous répondrai : parce que c'étaient des enfants qui manquaient de patience, étaient fanfarons de gaspillage et trouvaient du plaisir à faire parade de bonnes dents et de goûts dépravés.

M. Vincent, le maître de pension, éprouvait de sensibles regrets de la perte de ses pommes, pour lui d'abord, ensuite pour les voleurs eux-mêmes; recueillies à propos, elles eussent fourni d'excellents desserts.

Les écoliers se figuraient qu'une fois les pommes dans le fruitier, ils n'en goûteraient pas la queue d'une, et ils avaient tort. Leur maître ne voulait que leur bien, ainsi que l'avenir l'a prouvé.

M. Vincent acheta un dogue très méchant qui devait garder le pommier envers et contre tous. Les élèves hardis, vigoureux, ceux qui se sentaient du cœur et de bons bras, attaquèrent le chien de vive force, et, tous contre un seul, le contraignirent à se cacher. Ceux au contraire qui avaient leurs raisons pour estimer plus la ruse que la violence, gagnèrent le gardien en lui donnant leurs portions de viande de plusieurs jours; si bien que les pommes furent abattues cette année un peu plus tôt que de coutume.

Une haute palissade élevée autour de l'arbre fut franchie en moins de rien. Les filets, les fossés, les piéges ne réussirent pas mieux. Plus le maître multipliait les difficultés et les dangers autour du pommier, plus les enfants se portaient à la déprédation avec ardeur et succès.

Les choses demeurèrent ainsi jusqu'au moment où le fils de M. Vincent, d'abord écolier dans la maison de son père, y devint maître. Le jeune professeur, dès son arrivée au pouvoir, proposa plusieurs réformes, dont il avait reconnu l'utilité, lorsqu'il voyait les choses de la classe et non du cabinet.

— Ah! dit le vieux maître, voilà bien les jeunes gens, ils croient arriver à tout par des innovations.

— Mon père, répondit respectueusement Félix Vincent,

si vous voulez m'en promettre quelques-unes, je vous
promets, entre autres avantages, de vous faire manger
des pommes mûres cueillies sur votre pommier.

M. VINCENT. Si tu obtiens ce résultat, je te donne
carte blanche pour changer et réformer à ton gré ce
qui peut te déplaire dans la maison.

FÉLIX. Commencez par m'abandonner le pommier
dont je vais faire présent aux élèves pour ma bienvenue.

M. VINCENT. Excellent moyen d'en ménager les
fruits.

FÉLIX. Vous verrez.

La promesse de Félix ne tarda pas à se réaliser.
Lorsque les enfants furent convaincus que l'arbre tant
envié allait être à eux, le jeune maître n'eut pas de
peine à leur faire entendre que de bons fruits valent
mieux que de mauvais. Ils devinrent naturellement
économes de leur bien. Six mois d'abondance sont en
effet préférables à six jours de prodigalité. Mais ils se
défiaient les uns des autres.

« Formons une garde, dit le maître, et veillons tour
à tour auprès du pommier; il est bien juste que chacun
protège la propriété de tous. Si, pensait Félix, tous les
élèves de mon père sont fous, qu'au lieu de garder leurs
pommes, ils se volent eux-mêmes, tout est dit, l'école
est perdue. Mais si, comme je l'espère, le bon sens est
en majorité, ici comme ailleurs, les sages maintiendront
les imprudents, et tout ira bien. »

La garde organisée, on fit des lois pour punir ceux
qui, dans leur intérêt particulier, nuiraient au bien
général. Ces lois étaient en vigueur de tout temps dans
la pension ; mais, le plus souvent, M. Vincent avait

évité de les faire exécuter. Quand les punitions, contre lesquelles on était toujours prêt à se révolter, furent votées par les enfants, elles leur semblèrent très justes, et si Félix n'eût retenu la fougue des petits législateurs, ils en auraient demandé de plus sévères.

Les lois consenties, le sort dut décider chaque mois quels écoliers formeraient le tribunal appelé à juger les coupables, s'il y avait lieu. On arriva à l'automne sans qu'une seule pomme eût été dérobée. Les enfants, dont la prudence avait mûri en même temps que leurs fruits, élurent les plus clairvoyants et les plus probes d'entre eux, pour surveiller la récolte. On tint un registre exact des pommes recueillies. Les plus belles furent à l'unanimité offertes à M. Vincent, qui vit ainsi la promesse de son fils accomplie.

Les commissaires, s'étant bien conduits pendant la récolte, reçurent en garde la clef du fruitier, sous la condition de rendre à Pâques bon compte à la société des pommes qu'on y avait enfermées.

L'année suivante, Félix obtint qu'une partie de la récolte serait vendue pour payer la taille de l'arbre, faire labourer la terre autour de son pied, afin d'empêcher la mousse de s'attacher aux branches; travaux dont le résultat devait être d'augmenter la force du pommier, l'abondance et la beauté de ses produits, en les préservant de la décrépitude où tombent les arbres sans culture. Au bout de quelques années, ce même arbre, jadis violemment dépouillé dès le mois d'août, dont les branches brisées couvraient le sol, que son propriétaire découragé ne faisait ni tailler ni écheniller, devint le plus beau et le plus productif des arbres fruitiers de Chatou. Il n'était dans la maison si petit enfant qui n'eût sa portion de pommes, et les marchands de Paris faisaient le voyage tout exprès pour s'en approvisionner.

Le régime par lequel Félix Vincent rétablit l'ordre et l'abondance dans la maison de son père est, comme vous le voyez, digne d'éloges.

IL SE FAUT ENTR'AIDER.

CONTE.

L'obligeance, qualité douce autant qu'aimable, participe de la vertu, non par les sacrifices qu'elle impose, mais par le bonheur qu'elle procure. Elle est, pour ainsi dire, la monnaie courante de cette charité qu'il nous est commandé d'avoir pour nos frères. Le profit que l'on peut attendre d'un caractère obligeant fut démontré, il y a quelques années, par la destinée d'un jeune garçon nommé Benoît.

M. Leblanc, père de Benoît, était percepteur des contributions dans l'un des plus chétifs arrondissements du département des Basses-Pyrénées. Ce fonctionnaire avait pour fortune une place de 2,400 francs, avec laquelle il faisait vivre une femme et onze enfants.

Malgré la modicité de ses appointements, M. Benoît soignait sa nombreuse famille avec tendresse. Instituteur de ses fils, il ne négligeait rien pour développer leurs bonnes qualités et leur intelligence ; mais sitôt que

l'un d'eux touchait à l'adolescence, son père cherchait
comment il pourrait s'en défaire; et, dès qu'il croyait
avoir trouvé une petite place pour l'un d'eux, il l'envoyait l'occuper, n'importe dans quel coin du globe il
fallût aller la chercher, donnant à l'enfant sa bénédic-
tion, lui recommandant de travailler, de vivre en honnête homme et d'écrire rarement, parce que les ports
de lettres sont chers.

Ce fut ainsi que Benoît fut placé à Paris, en qualité
de commis, de garçon de magasin et de commission-
naire; car il remplissait ces trois emplois chez un marchand de curiosités, brocanteur de tableaux, qui demeurait rue Saint-Honoré, près du Louvre.

Séparé de sa famille et des amis de son enfance, chan-
geant la riante maison de son père, que le nombre de
ses jeunes frères animait encore, le beau ciel du midi et
l'aspect des Pyrénées, contre une boutique basse et encombrée, à travers les croisées de laquelle un châssis
délabré ne laissait pénétrer qu'une clarté douteuse;
couché dans une soupente, sans espace et sans air; mal
nourri, plus mal vêtu encore, son maître s'étant chargé
de ces détails; passant la plus grande partie de son
temps seul, ou avec un vieillard égoïste et avare; certes Benoît aurait trouvé son sort insupportable, si ce
n'eût été son heureux naturel, et s'il n'était, en tout
temps, en tous lieux, des plaisirs pour celui qui a le
désir d'obliger.

Durant les longues heures que M. Robert consacrait à
suivre les ventes, Benoît, resté seul à la boutique, char-
mait son ennui en devinant ce qui pourrait causer une
surprise agréable à son patron. Tantôt, c'était un tableau
nettoyé; une autre fois, un catalogue attendu, mis au

net; et, quand il n'y avait rien d'important à faire, Benoît s'efforçait à modérer le feu du poêle, de manière à
ne lui laisser juste que l'activité nécessaire pour chauffer les pantoufles de son maître.

Il avait encore un tact parfait pour moucher la chandelle à propos, quand un surcroît de lumière devenait
nécessaire; mais il ne l'excitait pas inutilement, car il
savait que M. Robert était inquiet lorsqu'un combustible se consumait trop vite. Si Benoît eût été chez lui, il
eût compris qu'une telle économie ressemblait fort à
de l'avarice; mais il contentait, sans les partager, les
goûts d'un autre : ce n'était plus que de l'obligeance.

Benoît vivait ainsi depuis dix-huit mois, chéri de
son maître et de ses vieux amis, autant que M. Robert
et ses confrères étaient susceptibles d'aimer; lorsqu'un
jour qu'il était seul dans la boutique, il vit entrer un
jeune garçon qui lui parut accomplir, comme il le faisait lui-même, sa dix-huitième année. Le nouveau venu
avait la mine fière, et paraissait préoccupé et de mauvaise humeur. S'approchant de Benoît, il porta la main
à une espèce de bonnet basque, de dessous lequel s'é-
chappaient de grosses boucles d'un blond un peu ar-
dent; et par ce mouvement il montra que sa manche
était décousue sous le bras, et que son coude portait
des marques infaillibles de vétusté.

— Monsieur, dit-il, en s'adressant à Benoît, je voudrais parler à M. Robert.

— Il est sorti, Monsieur.

Ici le jeune homme frappa du pied, et ses grands
yeux noirs exprimèrent un mécontentement très
marqué.

— Vous plairait-il de l'attendre? dit Benoît en pré-

sentant une chaise à l'étranger, et la tournant obli-
geamment, de manière à ce que sa manche déchirée se
trouvât dans l'ombre ; .car si M. Robert voyait tout
d'abord sa misère, son accueil s'en ressentirait.

L'inconnu s'assied, appuie sa tête sur ses deux mains,
et reste ainsi plongé dans ses réflexions. Un instant
après il se leva en maudissant le retard de M. Robert,
parcourant des yeux les divers tableaux et dessins épars
dans le magasin ; puis les portant sur un lourd cartel
qui, depuis le règne du roi Louis XIV, marquait le
cours du temps, il s'écria : « Trois heures et demie! dans
une heure ils seront partis... C'est à en perdre la tête...
M. Robert! M. Robert! venez donc.

— Pourquoi faut-il que je ne sache pas où il est allé!
je courrais le chercher.

— Je vous suis obligé de votre complaisance ; mais,
après tout, vous devez aimer à sortir de cette triste ca-
verne. Que vous devez vous y ennuyer! Un habitant de
la rue Saint-Honoré ne se fait nulle idée de la verdure
des montagnes, des nuages.

— Ah! j'ai vu la verdure, le ciel, les montagnes! et
Benoît se mit à parler avec vivacité de sa belle
patrie.

Son auditeur s'était assis sur la table auprès de laquelle
il s'était placé; il serrait son bras de ses deux fortes
mains, fixant sur lui des regards animés qui brillaient
de plus en plus, à mesure que Benoît dépeignait les
beautés pittoresques de ses vallées, et la hauteur majes-
tueuse de ses montagnes. « Je parcourrai ces sites admirables! s'écria le jeune enthousiaste, mon pinceau saura
rendre cette neige et ce ciel d'azur, et ces torrents écu-
meux, et ces nobles peupliers se balançant dans les airs !

Robert, maudit Robert! as-tu donc juré de ne point revenir à ton gîte! Tu ne sais pas que demain j'aurai dix-huit ans, et que je n'ai encore esquissé que les arbres de la mare d'Auteuil!

— Mais que voulez-vous de M. Robert?

— Lui vendre ce dessin, et avec l'argent que j'en aurai, aller, comme vont le faire les autres élèves de Watelet, dessiner d'après nature dans la forêt de Fontainebleau. En parlant ainsi, l'artiste jetait sur la table un fort joli dessin à l'aquarelle.

Benoît prit le paysage, le regarda attentivement de près, puis l'éloigna de toute la longueur de son bras, cligna des yeux, se fit une espèce de lorgnette avec sa main, pour concentrer les rayons du jour sur l'objet qu'il examinait, avec les mêmes manières et la même importance que M. Robert avait en pareille circonstance. Rendant ensuite le dessin au jeune peintre, il lui dit d'un ton froid : « C'est cela, c'est très juste, très exact; on reconnaît Montmartre du côté de Clignancourt. C'est charmant! en vérité, charmant; mais ce n'est pas signé, et nous n'achetons pas de dessins anonymes.

— Quand j'aurais écrit au bas de cette feuille de papier *Urbain Dumont*, cela n'aurait rien signifié, aujourd'hui 14 septembre 1820. Mais que Robert garde ce paysage; et dans trois ans, après le futur salon, je m'engage, foi d'artiste français, à mettre là, sur cette grosse pierre, *Dumont fecit*.

En quittant le dessin, Benoît avait cessé de singer son patron; il le faisait seulement lorsqu'il croyait devoir prendre l'air d'un *connaisseur*. Ce fut donc du ton le plus peiné qu'il exprima le doute dans lequel il était que M. Robert souscrivît aux conditions proposées par Urbain.

— Je ne vendrai pas mon dessin! s'écria ce jeune homme avec l'accent du plus profond chagrin ; et pourtant à Fontainebleau je ferais des études *superbes!* les Anglais les achètent. Avec l'argent gagné par ces premiers essais je parcourrais nos départements du Midi, la Suisse, l'Italie, la Grèce. Oh! nature! nature! te connaître, *t'exprimer!* Voilà mon existence! mon avenir! ma gloire! Et je vous dis, Monsieur, que mes tableaux seront admirables! que ce sont des chefs-d'œuvre, dont le froid calcul de votre patron arrête l'essor; qu'il en est comptable aux arts, à la France, qui en eût été illustrée. En parlant ainsi, Urbain, toujours assis sur la table, serrait la main de Benoît, et du talon de sa botte frappait, à coups redoublés, contre le pied de ce meuble qui en gémissait. De grosses larmes roulaient dans ses yeux, et le tremblement de sa voix prouvait que le dépit d'un enfant se mêlait chez lui à l'emportement d'un jeune homme.

Benoît, tout en trouvant un peu de présomption dans les projets d'Urbain, compatissait à sa peine, et souffrait de ne pouvoir l'obliger ; mais il connaissait si bien M. Robert, qu'il n'osait concevoir aucune espérance.

— Je voudrais me tromper, disait-il à Urbain ; mais si, par miracle, il achetait votre ouvrage, il le paierait si mal, il en donnerait si peu de chose...

— Oh! je ne serai pas difficile sur le prix; j'ai des pinceaux, des toiles, des couleurs; je voyage à pied ; il me faut, il est vrai, de quoi vivre au moins pendant un mois ; ce temps suffit à un artiste pour créer des ouvrages que tout l'or qu'un avare amasse ne saurait payer. Ah! si j'avais vingt francs aujourd'hui, quelle fortune ! quelle renommée j'obtiendrais de l'avenir !

— Vingt francs ! vingt francs peuvent vous contenter ! s'écria Benoît transporté de joie ; et, mettant la main à sa poche avec la même aisance qu'un millionnaire, il tira de sa bourse un petit paquet soigneusement attaché avec des rubans, développa un papier, puis un second, un troisième, enfin un quatrième, et présenta à l'impatient Urbain la pièce de vingt francs qu'il avait reçue de sa mère. Le jeune artiste sauta au cou de Benoît, en lui disant : « Je le vois, v ous me donnez tout ce que vous possédez ; mais vous ne regretterez pas de m'avoir obligé. La France comptera un peintre de plus, et vous, un ami à la vie et à la mort ! vous me verrez au prochain salon.

— J'espère bien qu'alors, la lorgnette en main, je me mêlerai parmi les connaisseurs pour vous apprécier.

— Vous voulez être marchand de tableaux ?

— C'est mon ambition.

— Eh bien ! vous aurez mon premier ouvrage. Le livret portera : Ce tableau appartient à M....

— Benoît Leblanc, tel est mon nom : retenez-le ; dès ce moment je compte sur vous pour faire ma fortune.

— Ne plaisantez pas, je parle très sérieusement, mais le temps me presse ; adieu, mon cher...

— Adieu, digne émule des *Salvator* et des *Lorrain*.

— Adieu, premier exemple d'un brocanteur obligeant ! » Et les deux jeunes gens, se serrant la main, se séparèrent en riant.

Benoît était encore absorbé dans la contemplation du dessin qu'il venait d'acheter à Urbain, lorsque M. Robert rentra, accompagné de plusieurs confrères. Ces mes-

sieurs sortaient de la vente d'un peintre célèbre, où les
nombreux amis et les élèves du défunt, pénétrés de respect pour sa mémoire, avaient fait monter ses œuvres à
un si haut prix, que les marchands, même en consen-
tant à faire de mauvaises affaires, n'avaient pu y atteindre. Ils étaient mécontents de leur défaite, mais encore
animés par la lutte à laquelle ils venaient de prendre
part; l'un d'eux surtout, qui avait l'habitude d'acheter à
tout prix, lorsqu'on lui opposait une *enchère*, brûlait de
retourner au combat. Benoît s'empressa de leur soumettre son acquisition. Ils l'examinèrent un instant en silence. M. Robert parla le premier : « Le dessin n'est
pas mal, mais il est payé trop cher; et l'on sera bien
heureux si l'on en trouve les vingt francs qu'il a
coûtés.

— J'en donne *trente*, reprend aigrement le marchand
enchérisseur.

— Vous en mettrez bien dix avec, dit un autre.

— Si c'est vous qui le faites, j'enchéris de cinq
francs.

— Allons donc, vous tâtonnez : montez tout de suite
à cinquante, reprend un troisième pour les exciter.

— Je le ferai, si quelqu'un le pousse au-delà de
mon prix.

— Messieurs, Messieurs, dit le quatrième marchand,
Benoît est un brave garçon, toujours empressé à nous
rendre service, et qui, au moment où nous discutons ses
intérêts, s'occupe à nous donner des chaises. Je propose
donc que ce paysage *à l'aquarelle*, représentant une vue
de Montmartre, prise du côté de Clignancourt, soit mis
en vente, et qu'à l'instant même nous procédions régu-
lièrement à l'enchère.

— Mais nous n'avons pas de commissaire pour l'adjudication, objecta le premier marchand. » Un moment de silence suivit cette observation. « Messieurs, dit celui qui avait ouvert l'avis, je propose d'adopter, pour cette fois, les formes protectrices en usage pour la vente des immeubles : aussi bien voilà longtemps que je les réclame pour les objets d'art; ils mettent à l'abri des effets de la malice et de la mauvaise foi. Que pensez-vous de ma proposition ?

— Acceptée!, s'écrièrent-ils tout d'une voix.

— Eh bien! j'allume le feu, et Benoît servira de crieur.» En finissant ces mots, il prit, sur un *brûle-tout*, un bout de chandelle qui n'avait plus de suif que pour brûler quelques minutes, et le posa allumé sur la table.

Les marchands s'empressèrent de prendre place. Benoît debout sur une chaise, là, tenant à la main le dessin d'Urbain, dit d'une voix éclatante : « Estimé vingt francs... porté à trente... trente-cinq... cinquante... voyez, Messieurs.

— Un franc! dit d'un ton grave M. Robert, suivant son usage de ne jamais enchérir de plus que de cette somme à la fois.

— Trois, reprend un second.

— Cinq, dit un troisième.

— Allons donc, Messieurs, à moi, soixante et dix! s'écrie l'enchérisseur par excellence.

— Un franc, dit l'imperturbable Robert.

— Soixante et onze francs. Voyez, Messieurs, il y a marchand, cria Benoît.

— Douze.

— Treize.

— Dix-huit.

— Cent francs! » Le tapis brûle. Un moment de silence suivit cette hausse. Benoît se préparait à crier *adjugé*. Arrêtez, dit celui qui avait provoqué cette lutte; le feu n'est pas encore éteint.

— Un franc, murmure M. Robert.

— Cinq, — sept, — dix, répétèrent vivement trois autres voix.

— A cent dix francs! personne ne dit mot.

— Faites voir. » Benoît passa le dessin à ceux qui l'avaient demandé. « Ah! ah! Messieurs, vous en avez envie; eh bien! vous paierez, dit l'enchérisseur en se frottant les mains : cent cinquante francs! A peine ces mots lui sont-ils échappés, que la mèche expirante tombe sur la table.

Benoît, transporté d'aise par son excellent marché, bat un entrechat en sautant de dessus sa chaise, et crie de toute sa force : « *Adjugé* à cent cinquante francs. » Les bravos des marchands lui répondent, tandis que l'acquéreur, rendu à la raison par la victoire, tire lentement son argent de sa poche, en murmurant : « Donner cent cinquante francs de ce qui n'en vaut pas dix! Payer le même prix qu'un Lantara une méchante *croquade* qui n'est pas même signée! je suis incorrigible. » Et, prenant brusquement le dessin, il sort de la boutique de M. Robert, sans saluer personne.

La retraite du marchand fut accompagnée par les éclats de rire et les quolibets de ses confrères; chacun disait son mot. « Ah ça! mon enfant, reprit M. Robert en s'adressant au jeune homme, à présent que te voilà riche, il faut éviter deux écueils : le premier, et le plus dangereux de tous, c'est de dépenser ton argent en futilités; le second, c'est de le laisser dormir sans rien faire.

— Je suis d'avis, dit le marchand auquel Benoît devait l'heureuse idée qui l'avait rendu maître de cinquante écus, que Benoît entreprenne le commerce. Il a du goût, de l'activité, du zèle, des amis, dix-huit ans et cent cinquante francs.

— Moi, j'ai commencé à vingt-cinq ans, avec le tiers de cette somme; et me voilà, aujourd'hui, ayant dans mon magasin des..

— Un moment, un moment, ne perdons pas de vue la proposition, interrompit M. Robert, qui redoutait la nomenclature des richesses de son confrère.

— Que Benoît commence par acheter sa patente, interrompit à son tour un autre marchand.

En effet, les cinq marchands et Benoît, assis autour d'une table sur laquelle le nouvel étalagiste *brocanteur* avait placé des verres et des bouteilles en nombre égal à celui des convives, déterminèrent l'emploi des cent cinquante francs. Benoît fut ménagé dans cette répartition par chacun de ces Messieurs, qui, en mémoire de quelques bons offices à lui rendus, donna, pour la première fois de sa vie, à fort juste prix, un ou deux tableaux munis de généalogies sur lesquelles on pouvait fonder dix fortunes.

Benoît joignit à ses chefs-d'œuvre quelques estampes, des caricatures, des dessins de broderies, et alla établir son *musée* en plein air sur le boulevard Bonne-Nouvelle. Rien n'égalait la joie du nouveau marchand lorsque chaque matin il étalait sa marchandise aux yeux des curieux, qui s'arrêtaient pour l'admirer : les uns la bouche béante, comme de vrais badauds, les autres clignant les yeux avec un certain air de connaisseur.

Les gravures, les images, les dessins de broderies et d'ornements répandus sur la terre, au bas des cadres des tableaux, attiraient aussi les regards.

Benoît ne restait point étendu sur sa chaise, pendant que l'on se fatiguait à chercher ce qui pouvait convenir; mais il s'empressait de mettre à la portée de chacun ce qu'il voulait examiner, engageant ainsi, par son obligeance, beaucoup de personnes à acheter des choses dont elles n'avaient pas besoin. Un enfant demandait-il l'explication d'un sujet de tableau à sa mère, qui hésitait à la donner, faute de mémoire ou d'instruction, alord Benoît, non pour faire parade d'érudition, mais pour mettre fin à l'embarras de la dame, disait au marmot ce qu'il voulait savoir; et la mère, pour reconnaître sa peine, faisait signe à l'enfant de choisir dans la boutique une image qu'elle payait sans marchander. De cette façon, le commerce de Benoît le faisait vivre doucement.

Dès que l'on sut dans le département des Basses-Pyrénées que Benoît était marchand à Paris, son père lui envoya son huitième frère pour lui servir de commis. Ainsi l'obligeance de Benoît envers Urbain reçut une nouvelle récompense, par le triple plaisir qu'il lui procura d'embrasser son, frère d'être utile à sa famille et de se répéter : J'ai un commis.

Pour se rendre de plus en plus digne des faveurs de la fortune, si elle venait encore le visiter, Benoît consacra ses loisirs aux études qui pouvaient l'aider à devenir un habile connaisseur. Il lut la vie des grands peintres, apprit à suivre leurs tableaux dans leurs différentes vicissitudes, et devint en état de dire, à point nommé, dans quel pays de l'Europe se trouvait, au moment où il parlait, chaque tableau de Raphaël, et où il était il y a cent ans. Il suivit les ventes et les expositions, s'appliquant à discerner au premier coup d'œil les ouvrages des différents maîtres. Enfin Benoît apprenait beaucoup de choses, et avec la science arriva l'ambition. Mais les années s'écoulaient, et rien ne changeait pour lui ; il végétait, ainsi que son frère Cyprien.

La mort de M. Robert, son ancien maître, vint encore lui enlever une chance de fortune. Tranquille sur sa promesse, Benoît croyait qu'il lui laisserait son fonds de magasin par testament ; mais le vieil avare était mort sans avoir pu se vaincre au point d'écrire : *Je donne.* « Comme on s'abuse dans la jeunesse! se disait Benoît. Cet Urbain, qui paraissait si sûr de son fait, personne n'en parle ; le pauvre jeune homme n'a point de talent ; ou bien, ayant succombé à la fatigue, il est mort en pays étranger.... Voilà l'été de mil huit cent vingt-quatre qui s'achève... Bientôt on ouvrira le salon ; et, loin de voir mon nom imprimé dans le catalogue, au bas de plusieurs notices, avec ces mots flatteurs: *Ce tableau appartient à M. Benoît Leblanc*, je languis ignoré. Il n'est pas un artiste qui recherche ma connaissance, pas un amateur qui m'emploie pour lui rassembler une collection ! et pourtant, sans vanité, mon savoir surpasse celui de la plupart de mes confrères. Mais comment le devinerait-on ? Pour qui me voit, je ne suis toujours qu'un pauvre étalagiste, qui n'est guère plus avancé qu'il y a quatre ans.

Un après-midi, Benoît, absorbé par ses méditations, oubliait l'univers entier; il fut rappelé des espaces imaginaires par la voix de son frère Cyprien, s'élevant, en riant, au-dessus des voix d'une foule d'enfants rassem-

blés sur le boulevard Bonne-Nouvelle. Le sujet de cette
bruyante gaîté était la détresse d'un vieux monsieur
aveugle, dont le chien, trop jeune pour son honorable
emploi, se mutinait et voulait prendre part aux jeux de
ses semblables, qu'il voyait folâtrer en toute liberté. Benoît, après avoir réprimé par un coup d'œil mécontent
les éclats de rire de Cyprien, écartant la *marmaille* qui
se pressait autour du vieux monsieur, se présenta à lui
pour l'aider à faire rentrer dans le devoir l'animal in-
docile.

La tâche n'était pas aisée ; le jeune chien se dressait
sur ses pattes de derrière, secouait sa chaîne, comme
s'il eût espéré la briser, ou bien se couchait à terre ; et
lorsqu'on l'arrachait à cette inertie, il prenait sa course,
allant de droite, de gauche, sans tenir de route assurée.
Benoît, voyant ses efforts impuissants pour mettre fin
à l'embarras du pauvre aveugle, lui offrit son bras pour
le guider, à la place de l'animal rebelle. La proposition,
que le jeune marchand faisait simplement et de bon
cœur, fut acceptée de même ; on détacha la lesse du
chien, qui, courant gaîment devant, prit le chemin de
la rue Paradis-Poissonnière, où demeurait son maître.

Après avoir rendu ce léger service au vieux monsieur, Benoît, pressé de retourner à sa boutique, des-
cendait rapidement un escalier assez raide ; la lueur de
son rat de cave ne le préserva point d'un faux pas, qui,
sans le secours de la rampe, se serait terminé par une
chute. Ce petit incident le rendit plus prudent, et il se
promettait bien de regarder à ses pieds, lorsqu'il entend
descendre rapidement derrière lui. Benoît s'arrête tout
plein du danger qu'il vient de courir ; il dirige sur les

marches de l'escalier les jets de la lumière qu'il tient à la main.

— Permettez-moi de vous éclairer, Monsieur, il y a un mauvais pas, un troisième palier.

Celui auquel ces mots sont adressés s'empresse de remercier l'être obligeant qui lui rend service. Les deux jeunes gens se trouvant ainsi arrêtés à quelques marches de distance, la lumière frappe sur leurs visages; ils se regardent, un cri leur échappe en même temps : « Benoît Leblanc!

— Urbain Dumont! » Et ils sont dans les bras l'un de l'autre. « Enfin je vous trouve, dit gaîment Urbain; depuis trois mois je m'informe de M. Benoît, le premier marchand de tableaux de Paris, personne ne peut m'indiquer sa demeure.

— Et moi, repartit Benoît, en prenant le même ton de plaisanterie, depuis quatre ans que je prête inutilement l'oreille aux accents de la renommée, elle n'a point proclamé le nom d'Urbain.

— Mais vous avez peut-être entendu celui de Saint-Irénée?

— Quoi! vous seriez?

— Oui, mon ami, je suis ce jeune peintre dont la réputation est déjà établie en Italie, et dont on attend les tableaux à la nouvelle exposition. Mon atelier est dans cette maison, et je vous y attends demain à déjeuner. Vous verrez mes tableaux au jour.

Le lendemain, Benoît se rend chez Urbain à l'heure indiquée.

Une voiture, belle, quoique simple, était à la porte, les valets sans livrée avaient un air d'importance qui trahissait l'incognito. Benoît regarda, ne pouvant comprendre comment un équipage de si belle apparence pouvait se trouver arrêté devant une si vilaine maison. En ouvrant la porte de l'atelier, Benoît vit le jeune artiste avec trois messieurs auxquels il montrait son grand tableau, qui, posé sur un chevalet, occupait le milieu de la pièce. La présence de ces étrangers, qu'il soupçonnait devoir être des gens d'une grande importance, empêchait que l'entretien commençât entre Urbain et lui. Il se plaça devant le tableau; bientôt après, captivé par l'admiration, il oublia tout, pour ne plus songer qu'à la merveille qu'il avait sous les yeux. Les autres spectateurs étaient également ravis. Le jeune peintre, une main passée dans sa blouse, l'autre posée sur son appuie-main, souriait aussi à son paysage; cependant on voyait, de temps à autre, un léger mouvement contracter ses sourcils. Lui seul reconnaissait quelques négligences dans son ouvrage, et se disait intérieurement : « Au premier, je ne ferai pas cela. Cet heureux mécontentement est le gage assuré du talent; l'homme de génie, quel que soit son état, poète, artiste, ouvrier, voit toujours au-delà de ce qu'il fait ; celui qui croit toucher à la perfection n'y atteindra jamais. »

Le plus apparent des trois amateurs inconnus à Benoît interrompit les louanges qu'il donnait au tableau, pour dire à Urbain : « Est-ce sérieusement que ce bel ouvrage a été vendu avant d'être commencé ?

— Oui, monseigneur. » Le prince soupira, mordit son gant en hochant la tête d'un air de dépit. Un des officiers de sa suite se pencha alors vers Benoît pour lui demander, à voix basse, s'il connaissait l'acquéreur. « Non, Monsieur.

— C'est fâcheux, car quel que soit cet amateur invisible, il n'a certainement pas payé ce tableau deux mille écus, et je suis sûr que Son Altesse en donnera cette somme. »

Un grand seigneur en redingote bleue, paraissant aimer vraiment les arts, visitant un artiste dans son atelier, et lui offrant six mille francs, d'un tableau ! que de sujets d'admiration pour Benoît; aussi quelle source de désespoir, si son cœur eût été susceptible d'éprouver de l'envie ! Mais le bon Benoît jouissait du succès d'Urbain, quoiqu'en se répétant : « Avec un si grand talent! il peut songer à la fortune! mais moi, ce serait une folie. »

Après le départ du prince, Urbain se trouva libre de témoigner à Benoît sa joie de le voir, et de lui expliquer la cause de son changement de nom. On se mit gaîment à table. On porta des toasts aux beaux-arts et aux princes qui les protègent. Ce devoir rempli, Urbain raconta comment un amateur, charmé des études qu'il avait faites dans la forêt de Fontainebleau, plus émerveillé encore de l'enthousiasme qui empêchait cet enfant de sentir son affreux dénuement, écrivit au père d'Urbain pour lui offrir d'emmener son fils en Italie. La famille du jeune artiste, plongée dans une grande détresse, accepta cette proposition avec transport. L'amateur, qui s'était de plus en plus attaché au jeune Urbain, par les progrès qu'il lui voyait faire, fut atteint à Rome d'une maladie commune au pays. Sentant sa fin prochaine, il lui légua une somme assez forte pour le mettre en état de continuer ses études, mais à la condition de prendre son nom. M. Dumont donna encore son consentement à cette clause; et Urbain, devenu M. Saint-Irénée, illustra bientôt le nom de son bienfaiteur.

Le surlendemain du jour où Benoît et Urbain avaient si franchement serré les liens de cette amitié jurée le 14 septembre 1820, on ouvrit le salon de peinture ; et l'exposition des ouvrages de peintres vivants commença. Benoît, au nombre de ceux qui assiégeaient dès le matin les portes du Louvre, se précipita, avec la foule, dans la première salle des antiques, et acheta le livret pour connaître le numéro du tableau d'Urbain. Tout en marchant, il ouvre ce catalogue, s'arrête au milieu du grand escalier, tremblant de surprise et de ravissement. Malgré les flots qui le poussent, il ne peut avancer, car il vient de lire au bas de la notice du beau paysage de Saint-Irénée : *Ce tableau appartient à M. Benoît Leblanc.*

L'AUVERGNAT.

(Extrait du chanoine Schmidt.)

Avant d'être venu à Paris, au lycée Charlemagne, où j'ai fait mes dernières classes, j'étais resté deux ans à celui de Versailles. Là, un beau jour, descendant dans la cour où mes camarades se livraient à leurs joyeux ébats, j'entendis un des plus pétulants d'entre eux s'adresser à un autre qui ne valait guère mieux et lui crier :

— Dis-moi, Georges, as-tu vu le nouveau qui arrive d'Auvergne?

— Non vraiment, répondit Georges, je n'ai pas pu trouver un prétexte raisonnable pour entrer chez le proviseur au moment où il causait avec ce ramoneur.

— Oh! mais sais-tu, dit le premier interlocuteur, qui se nommait Eugène, qu'il doit avoir une drôle de mine.... un Auvergnat!

Déjà un groupe s'était formé, et chacun demandait des renseignements sur l'écolier nouvellement débarqué.

— Je suis sûr qu'il a des cheveux qui lui tombent au milieu du dos, dit Georges.

— Et qu'il a de gros sabots, reprit un écolier de quatrième.

— Eh bien ! c'est au mieux, dit un élève de rhétorique, nous lui ferons danser la bourrée d'Auvergne.

— Je sais quelque chose de mieux que la bourrée, s'écria Eugène ; c'est, au moment où l'homme des montagnes d'Auvergne arrivera, de lui faire courir la poste une demi-douzaine de fois dans la grande cour; cela le dégourdira et commencera à lui faire connaître le lycée.

— Chers amis, dit un de nos camarades, du département des Basses-Pyrénées (qui, montagnard lui-même, voulait qu'on respectât les montagnards), ne vous y fiez pas : il est du pays haut, il doit avoir le poignet fort.

Ce propos fut accueilli avec des éclats de rire, mais cependant il fit son effet, et l'on se promit de tâter le nouveau avant d'en venir aux grosses farces.

A peine avait-on pris cette prudente résolution, que le nouvel élève entra dans la cour. Il sortait d'une petite pension de Riom, et s'appelait Etienne Combadour. Il se promena quelques instants. Il avait l'air timide, portait mal son habit d'uniforme et mettait son chapeau comme le met un invalide; ses cheveux ne lui tombaient pas au milieu du dos, mais ils étaient un peu longs; il est vrai qu'on entrait dans l'hiver.

Tout bien examiné, Etienne semblait un peu gauche, un peu lourd, mais non pas complètement ridicule.

On tenta une première épreuve : on envoya auprès d'Etienne un petit bonhomme, qui, sur le conseil de

Georges, lui demanda s'il était vrai que dans son pays les hommes marchassent à quatre pattes.

Etienne répondit tranquillement :

— Va dire à ceux qui t'envoient que les gens de mon pays marchent comme on marche à Versailles ; mais que quand des étrangers viennent chez eux ils ne leur donnent pas la bienvenue par une sotte impertinence.

Un rhétoricien qui se trouvait là prit fait et cause pour le bambin. Il lâcha quelques gros mots et finit par saisir les deux mains du nouveau venu : mais celui-ci, levant les épaules, se dégagea avec si peu d'efforts, qu'on se rappela l'avis prudent de l'écolier basque, et qu'on eut quelque respect pour les poings d'un homme qui se débarrassait si facilement de l'étreinte d'un *des plus forts* rhétoriciens du collége.

Vers la fin de la récréation, le censeur parut dans la cour. Quelques élèves s'approchèrent de lui et demandèrent dans quelle classe il placerait le ramoneur d'Auvergne qui venait de leur arriver. Le censeur réprima cette saillie et répondit à un de ses élèves favoris que sans doute il le ferait descendre de deux classes, car il devait y avoir au moins cette distance entre les études d'une petite pension de Riom et celles des lycées de la capitale et de Versailles.

— Monsieur, lui répondit un élève, celui précisément qui avait fait l'épreuve de la force d'Etienne ; Monsieur, vous pourrez bien le faire descendre de trois classes, car il a l'air pataud comme un ours des montagnes.

La foule des mirmidons répéta :

— Ah ! oui, pataud ! pataud !

— Assez, assez, dit le censeur ; et il appela Etienne, qui, sur sa demande, lui déclara qu'il avait quinze ans passés, qu'il venait de finir sa seconde à Riom et se préparait à la rhétorique.

— Beau rhétoricien ! murmurèrent à demi-voix les élèves qui entendirent sa réponse ! il faut le mettre en cinquième, et il sera l'avant-dernier !

Le censeur jugea un peu moins défavorablement l'Auvergnat, et lui dit que les classes à Versailles étant très fortes, il fallait qu'il s'essayât d'abord en quatrième.

La cloche sonna et l'on se rendit à l'étude. Etienne, la tête basse, s'achemina vers le quartier de quatrième, il s'agissait pour les élèves de cette classe d'apprendre quelques vers d'Ovide et de faire un thème que les forts avaient jugé très difficile. Le maître d'études donna à Etienne le cahier d'un écolier qui venait d'être obligé de monter à l'infirmerie, lui dit de copier le texte français et lui indiqua aussi la leçon à apprendre.

En quelques minutes, le nouveau venu eut copié, puis il prit dans sa poche un Pindare grec et se mit à le lire attentivement.

— Voyez donc ce pataud ! disaient entre eux ses voisins, il fait comme s'il lisait du grec.

— Eh ! laissez donc, c'est qu'il apprend ses lettres, dit un autre ; il ne sait encore que la moitié de l'alphabet...

Etienne ne les entendait pas ou feignait de ne pas les entendre : cependant, un quart d'heure avant la fin de l'étude, quand il reçut la feuille destinée à lui servir de copie, il s'occupa sérieusement à traduire en latin le texte qu'il avait copié, et remit au maître d'études, longtemps avant que la cloche sonnât, son devoir fort bien écrit. Nouvelle preuve qu'il était un sot, remarqua

6..

un petit bel-esprit, car il n'y a que les imbéciles qui sachent bien écrire.

— Bon, bon! disaient les espiègles qui l'entouraient, il a broché son devoir et il n'a pas regardé sa leçon. Le professeur, qui voudra voir ce qu'il sait, va lui donner une jolie note !

On arrive à la classe. M. L...., qui professait la quatrième, reçoit un mot d'écrit que lui remet Etienne. Le censeur annonçait qu'à l'avenir cet élève ferait partie de sa classe. Le professeur lui fait signe de se placer à la table d'honneur. C'était une politesse qu'il ne manquait jamais d'accorder à celui qui arrivait pendant le cours de l'année ; mais cet encouragement avait rarement de l'effet. Aussi, les camarades de classe d'Etienne se disaient-ils entre eux :

Allons! qu'il jouisse de la table d'honneur pour cette fois, le ramoneur, le pataud! il n'y reviendra pas.

Le professeur fit réciter les leçons.

Il interrompit Eugène qui ânonnait, et dit à Etienne de continuer.

Etienne ne se fit pas répéter l'ordre, il commença à débiter les vers avec un accent qui faisait pouffer de rire ses condisciples, mais de manière à montrer qu'il connaissait parfaitement les lois de la prosodie latine et la quantité des mots ; puis, comme la leçon était extraite de la métamorphose de Philémon et Baucis, qu'il savait par cœur, il outrepassa le nombre de vers indiqués ; le professeur le laissa continuer pendant quelques minutes, au grand étonnement de toute la classe, qui ne faisait plus attention à son accent, et se disait :

— Comment donc, ce pataud a de la mémoire et il scande bien les vers !

Après que la leçon eut été récitée, M. L.... fit quelques remarques sur la flexibilité du génie d'Ovide, esprit heureux, sachant prendre tous les tons ; il voulut aussi comparer au latin l'élégante paraphrase de La Fontaine ; malheureusement, il n'avait pas le livre.

. —Nul de vous, demanda-t-il, ne sait ce morceau de La Fontaine, sans doute ?

— Pardon, Monsieur, reprit Etienne, je puis suppléer au livre qui vous manque.

— Ah ! ah ! vraiment, eh bien ! récitez depuis le premier vers.

Etienne, avec une diction parfaite, sans emphase et sans monotonie, déclama les trente premiers vers dont avait besoin le professeur.

Tous les élèves chuchotaient, et quelques-uns seulement parlaient encore de l'accent ramoneur. Quant à M. L...., il commençait à regarder Etienne entre les deux yeux : c'est ce qu'il faisait toujours lorsqu'il reconnaissait dans un sujet plus de capacité ou de savoir qu'il n'en avait supposé à la première vue.

Enfin il en vint au thème ; selon son usage invariable, il fit lire les deux premiers de la composition précédente, puis les deux derniers, car il suivait la méthode du professeur de flûte de l'antiquité, qui voulait que dans son école on entendît tour à tour un habile exécutant et un flûteur malhabile, disant de l'un :« Voilà comme il faut jouer, » et de l'autre : « Voilà comme il ne faut pas jouer. »

— Il vint ensuite à Etienne : Lisez, lui dit-il, et depuis le commencement.

Etienne prit le cahier et fit à haute voix sur le texte français une traduction fort élégante. Une ou deux fois le professeur l'interrompit pour lui donner une louange, et lorsque Etienne reprit sa phrase, M. L.... crut s'apercevoir qu'il y avait quelque différence ; il chercha la copie pour s'en assurer, et remarqua avec un vif étonnement que cette copie contenait un autre devoir bien préférable à celui qui venait d'exciter ses éloges ; il demanda le cahier d'Etienne, et reconnut que la première traduction était improvisée.... La copie et l'improvisation annonçaient un élève supérieur de beaucoup à la quatrième :

— Monsieur, dit-il à l'Auvergnat, vous ne pouvez rester avec moi ; je vais vous envoyer au professeur de troisième, je suis certain que votre place est beaucoup plus haut, mais ce n'est pas à moi d'en juger. Les élèves ouvraient de grands yeux et se disaient entre eux, pour se consoler de leur méprise :

— Au fait, il a quinze ans et il ne sera pas trop jeune pour un troisième.

Etienne resta quatre jours en troisième ; ensuite, on *le chassa* de nouveau de cette classe, et pour ne pas faire d'infructueux essais, on l'envoya à la rhétorique : là, il se trouva le plus jeune, mais les connaissances qu'il avait déjà acquises, sa brillante facilité, son travail opiniâtre, le firent atteindre aux premières places.

Alors, on ne cherchait plus à le tourner en ridicule ; on le respectait, et plus d'un de ces beaux rhétoriciens qui l'avaient accueilli avec le sourire du mépris, portait envie à sa supériorité et à ses succès non interrompus. Etienne sut bientôt se faire des amis de tous ses envieux.

car il joignait à d'heureuses qualités de l'esprit un bon caractère et un cœur aimant.

Il a fait depuis sa philosophie au lycée Impérial, aujourd'hui le collége Henri IV. Il a obtenu au concours général la plus glorieuse de toutes les couronnes classiques: ses études finies, il s'est voué à la carrière universitaire, sa place y était marquée d'avance. Il occupe aujourd'hui un poste brillant : c'est ce que ne prévoyaient guère Georges, Eugène et moi-même, quand nous vîmes arriver pour la première fois au lycée de Versailles le *ramoneur d'Auvergne !*

D'où je conclus qu'il ne faut pas juger ni des hommes ni des enfants sur l'apparence.

LE VOYAGE.

Lorsque Abraham eut enseveli son père dans le pays des Chaldéens, le Seigneur lui dit :

— Quittez votre patrie, vos parents, vos amis, et marchez vers la terre que je vous montrerai. Je ferai sortir de vous un grand peuple, je vous bénirai, je rendrai votre nom célèbre et vous serez le père de ceux qui croient en moi.

Abraham fit aussitôt ce que le Seigneur lui ordonnait. Il prit avec lui Saraï sa femme, et Lot, fils de son frère, avec tout ce qu'il possédait à Haran, et partit pour la terre promise.

Après avoir marché longtemps, il rencontra sur sa route une caravane de marchands qui revenaient de Tyr, d'Egypte et d'Arabie, avec leurs chameaux chargés d'or et d'argent, de pierreries et d'ivoire, de fin lin, de soie, de pourpre, de toute sorte de bois précieux, de froment, d'huile, de parfums et de toutes les richesses de la terre.

— Où allez-vous, lui dirent-ils, et quel est le but de votre long voyage?

— Je vais, répondit Abraham, vers une terre éloignée.

— Et quel est le nom de cette terre, lui dirent encore les marchands, quelle est la route qui y conduit?

— J'ignore le nom de cette terre, et je ne connais pas la route qui y conduit, répliqua le père des croyants.

Les marchands se mirent à secouer la tête, comme pour se moquer d'Abraham, et dirent :

— Singulier voyage! si vous ignorez à la fois le but et le chemin, venez avec nous et suivez les pas de nos chameaux, plutôt que de vous égarer dans le désert où aucune route n'est tracée.

— Non, répondit le patriarche ; celui qui m'a appelé saura bien me conduire, et je crois à sa parole.

Alors les marchands s'éloignèrent en le raillant de sa foi crédule. Mais lui continua sa route et arriva dans la terre promise

LA PIÉTÉ FILIALE.

Il y a trois cents ans, un riche marchand mourut à Lyon et laissa une grande fortune. On savait qu'il n'avait d'autre héritier qu'un fils unique, qui tout jeune était allé aux Indes, auprès d'un de ses oncles. On sut aussi qu'en revenant des Indes le fils du marchand avait fait naufrage, mais qu'il n'avait pas péri.

Au bout d'une année, un jeune homme se présenta : il dit qu'il était le fils du marchand et qu'il venait recueillir sa succession. Peu de jours après, il vint un autre jeune homme, qui prétendit être aussi le fils unique du marchand. Enfin un troisième se présenta le mois suivant. Tous trois allèrent l'un après l'autre à celui qui était dépositaire de l'argent, pour faire reconnaître leurs prétentions. Comme chacun d'eux disait avoir perdu ses papiers dans le naufrage, que les personnes qui avaient connu le fils étaient aux Grandes-Indes, le dépositaire était fort embarrassé, faute de preuves.

En ce temps-là, lorsque l'intelligence des hommes ne suffisait pas pour débrouiller une difficulté trop grande, l'on faisait décider la question par une épreuve que l'on nommait le jugement de Dieu. Le dépositaire dit donc aux trois jeunes gens :

— Il y a nécessairement parmi vous deux imposteurs, je reconnais qu'il m'est impossible de les désigner, mais je vais vous faire donner à chacun un arc, vous marquer un but, et celui qui en approchera le plus, je le regarderai comme l'héritier, car j'espère que Dieu fera triompher la bonne cause.

Alors il amena le premier des jeunes gens dans le jardin et lui dit :

— Tirez au but que vous voyez, c'est le portrait de votre père. Il faut que vous atteigniez à cette marque blanche qui est à la place du cœur.

Le jeune homme décocha sa flèche, et elle atteignit près de l'endroit désigné.

On fit venir le second prétendant, il fut encore plus heureux que le premier ; sa flèche atteignit plus près du but.

L'on fit enfin venir le troisième, mais quand on lui eut montré le portrait du père, qu'il lui fallait percer de sa flèche, il jeta avec indignation l'arc et les traits loin de lui en disant qu'il aimait mieux perdre son héritage que de commettre un parricide, ne fût-ce que sur une image.

— Eh bien ! l'héritage t'appartient, dit le dépositaire, c'est toi qui es le fils, les deux autres sont des imposteurs ; si le marchand eût été leur père, jamais ils n'eussent osé percer d'une flèche son portrait.

LA BAGUETTE MERVEILLEUSE.

Marthe était restée veuve; elle se trouvait à la tête d'une maison importante et d'une nombreuse famille. Depuis la mort de son mari, qui avait été un homme actif et laborieux, elle voyait chaque jour augmenter ses dépenses et diminuer son revenu. Enfin, les choses allèrent de telle sorte qu'elle craignit de voir dépérir le bien de ses enfants. Elle résolut d'aller consulter un ermite qui demeurait près d'elle sur la montagne; elle le trouva se chauffant au soleil et exposa ce qui l'amenait.
— Qui est-ce qui veille à votre ménage? dit l'ermite.
— Il y a une femme, répondit-elle, qui a de l'autorité sur mes servantes et mes valets. — Et qui est-ce qui s'occupe de vos recettes, de vos dépenses? — Depuis la mort de mon mari, c'est un serviteur que j'ai pris pour cela.—Attendez un peu, je vais trouver un remède à vos maux; et il lui rapporta une petite baguette de coudrier.
— Tenez, dit-il, pendant un an vous porterez cette baguette trois fois chaque jour, de plus une fois de grand matin et une fois très tard, à la cuisine, à la cave, dans les écuries, dans les greniers, enfin dans tous les endroits de votre maison; en outre, il faudra que vous la laissiez chaque après-midi, pendant une demi-heure, dans le bureau où travaille celui qui fait les recettes et dépenses. Dans un an, revenez me voir, je compte sur vos remercîments.
Marthe connaissait la sagesse de l'ermite et savait bien qu'il ne voulait pas s'amuser à ses dépens; elle

fit donc scrupuleusement ce qu'il lui avait recommandé; dès le même jour, la baguette opéra des merveilles : en descendant à la cave, elle surprit un valet qui
venait y voler du vin; dans l'écurie, elle vit qu'au
milieu du jour les chevaux n'étaient pas étrillés; le
soir, dans l'étable, l'on avait oublié de traire une vache;
enfin, lors de sa dernière visite à la cuisine, elle trouva
les servantes qui se régalaient. Elle mit ordre à tous ces
abus.

Le lendemain, elle songea en allant dans le bureau
qu'elle pourrait employer à revoir les comptes la demi-heure qu'elle devait y passer. C'était une chose
qu'elle avait toujours négligé de faire. Elle trouva dans
les recettes et dépenses de nombreuses erreurs, toutes à
son désavantage; bientôt elle s'aperçut que le teneur de
comptes était inutile, et qu'il lui était facile de faire
elle-même ses recettes et dépenses; elle le congédia,
ainsi que la surveillante des domestiques, dont la baguette remplissait si bien l'office. Au bout de l'année,
la recette était augmentée et la dépense avait diminué
de beaucoup.

Marthe alla trouver l'ermite et lui raconta toutes les
merveilles opérées par la baguette. — Et faites-vous
sans peine les visites que je vous ai recommandé de
faire? — Oui certes, dit-elle, je n'y manque pas un
jour, fussé-je malade; mais j'ai bien soin de porter avec
moi la baguette.— A l'avenir, dit l'ermite, vous pourrez
vous en dispenser ; ce qui ruinait votre maison, c'était
le *désordre*, ce qu'il faut pour l'enrichir, c'est l'*ordre* et
la *vigilance*.

FIN.

TABLE.

FIN DE LA TABLE.

LIMOGES ET ISLE.

Imprimeries Eugène Ardant et C. Thibaut